JN137058

詩人の遠征

10

悲劇的肉体

ジュール・シュペルヴィエル＝著

嶋岡 晨＝訳

洪水企画

目次

☆印は原詩無題のもの

妻ピラールとシュペルヴィエル

Jules Supervielle ;

Le Corps tragique.

- Paris, Gallimard, 1959.

achevé d'imprimer le 30 septembre

悲劇的肉体

（一九五九年）

悲劇的肉体

（言わなくていい、ぼくら和解している……）

言わなくていい、ぼくら和解している、
遠くにいること　もの珍しさなどから
解き放たれるのは、わけないこと、
けれどその能力に　彼はおびえている。
まさかと思うほど　彼は散在しているので、
静かに何か呟くが　何事も起きない。
ところが息を吸うと　もう麻痺が起き、
目の前で何もかも壊れる。
ほんの少しでも　身動きするのが怖い。

全身で救援に行かねばならないとき、
冬の寒気に見張られ　暖炉の傍に坐りこみ、
とつぜん不安を覚え　腕時計を見、
遅れてやしないかと思う。
すると　時間も彼自身も　どこにも存在しない。

岩壁

わたしが存在する風景、
岩壁よ　顔よ　奥深いものたちよ、
どのように奮いたたせよう　生きる勇気を、
寝床を離れ　呼吸し
痩せた　音楽的とはいえない心臓で

垂直にそびえるものに立ち向かうため
大人物の情熱をあてがってやるため。
新しい真実のなかで
過失の現場をおさえられたように
背中が曲がろうとするとき、
昂然と頭をおこして歩くには。――
すべてわたしを無視してなされたので
今や干渉しないわけにいかない、
皮膚の下で何もかも見張り、
過去の暗さにまぎれる
この肉体組織を復習し、
暗殺者の目つきをした
これら悪党どもの心をしずめてやり。
恐れるのは　ほんのわずかな怠惰のせいでも
この身の静穏が保てないこと、

わたしは恐れ　かつまた願う、
それが　詩人の　というよりずっと人間の
大事な秘事(ひじ)だから。

☆（頭脳がその洞窟に……）

頭脳がその洞窟によこたわると
思考は蝙蝠となって飛びまわり、
過ちの現場をおさえられた欲望は
不快さに黒ぐろと群がる。
きみたちが梟になるまで
猫はしきりにきみたちを追う。
するとぼくらのひどい恐怖ゆえ

いちばん小さな象が　大きくなるのだ、
おお　悪意にみちた動物誌だ。
しかし前に進むうち　ふえてくる
ぼくらの親しんでいるはずの
善良な獣たちのつくる　動物誌が。
しかも突然　ひどく兇暴な世界が
きみたちに分泌される、
それに気づくと
ぼくらはもう　動物の支配者ではない。
ぼくらは凍りつき　あわてて逃げる
周りのあらゆる方角へ、
盲目の嵐が
ただ荒れくるうしかないように。

夜のさなか

わたしはペンを見る、夜のさなか
ペンのまわりに　わずかな光がさしている。
しかし蒸気機関車のけむりは
壁のなかへ　少しずつ後退りする。
だれが知るだろう　機関車がどこからきたか。
鉄路　ボイラー　石炭……考えたって
わからない、なぜそんなものが楽しいのか
それらの言葉がどこからやってくるのか、
おなじみのアルファベットが
なぜ突然消えうせるのか。
心臓をなくした誰かのように
他所（よそ）へ　自分の深部にまで　わたしは行く。
ここちよい塒（ねぐら）まで用意されてるなんて

異常なことじゃないだろうか。
信用できない反抗者をたより、
掟の強化されるどこにでも　わたしはいる。
にもかかわらず　蠟燭は燃えつき、
汽車は走りさり　わたしは寝室にいる。
夢にみた山賊どもは　散りうせ、
わたしは自分を救け出す　毛布の奥地で。

ヴェニスの像たち

大理石の像たちは　街なかへ降(お)り　たちまち
フィレンツェの銅像たちに　まざりあう、
小心な人間どもよりずっと生き生きして……。

どうあがいても　しょせん皺くちゃになるのだ、
運命にさからうまいとする　群衆、
どんな死者よりも死んでいる、青ざめた生者らは。
宮殿や広場や教会で
どの像もそれぞれの台座から自分をひき離し、
そこに冷たく白い風がふき
前進させながら凍らせる、不確かな人間どもを。
切り刻まれた石や金属の神々は
すさまじい音をたてて階段を降りる、
硬い舌でもって　声高に思いをのべ
古くさい罵詈雑言で空間をいっぱいにし。
突然不意打ちをくらい
助けて　と叫びながら人間は逃げる。
きみたちの草を褥(しとね)としなかった
力強く響く声を出す　優秀な石像たちに

この濡れたいたましい姿を見せないでくれ、
わたしもまた　彼らの罠にかかってるのだ。
石像たちの裁きの鐘は　鳴った、
不意に凍りついたような天空のなか。
反転した目玉にも似て　何も映さない
その白さに耐えられるだろうか。
獲物が何かすぐさま知れる
闘技場の真ん中に　わたしはただ一人、
刑罰であるかのように　手足を縛られている。
不充分な砦（とりで）がかくしそこねた
わずかな卑下しか　残されてない。
田園の匂いをはこぶ風のように　内部でいつの間にか
古代ギリシャの人びとが使いはたしていた、
あの悪質な心臓の　弾薬だ　それは。

涙という贈りもの

ぞくっとさせるものの正体を見ようと
人間は背のびするが　万事似たようなもの。
嬉しくて泣くにしろ辛（つら）くて泣くにしろ
われわれを泣かせるのは　似たようなもの。
けれど反対の要素がひき裂く、さまざまの理由から
われわれの内部でさからうものを。
かくてひさしく　自ら血まみれになっている、
錯乱のもたらす棘（とげ）だらけのことばで。
休息のない道をたどり
すべてはわれわれの内で動き　歩きつづける。
ついてくるがいい　邪魔ではないんだ、
乾いた目のひと　盲（めくら）の仲間よ。

☆（彼は生きつづける……）

彼は生きつづける　弁解しながら。
だが生きのびるとは　何のことか。
死後の術策(からくり)ではないか
ろくに息もできないのに　鼻先をつき出して。
長くつきあってきた言語を　錯乱のなか
もう結びつける術(すべ)もないのではないか。
つつましい山が一つ　肥大しつづけ
永続するものを踏みつけたりはせず
山自身が登山するという　奇妙な冒険をするのかも……。
逃げていく墓地　それが彼の運命だ
生きることも死ぬこともできず
後悔をほどよく双方にもたらすこともなく。
不貞な生と死をゆめみながら

終らせるべき場所で　きりもなく
渇きもないまま　凍った棺*ビール飲みながら。

訳注　*ビール（bière）は棺と同一語。

☆（**われながら恐くなるほど……**）

われながら恐くなるほど　長いこと眠らなかった
もう眠りの中でしか　世界を見まいと思うほど。
神がわたしに近づき——近づき　離れ——
神もわたしも　とりとめなくしゃべりあっていた。

たがいに相手を案じ　ふいに詰（なじ）りあい、
心臓はむき出しにし　両の目を濡らし。

敬礼だ　あなたが何者であれ　いきなり呼び起こし
心臓を耳もとまで引き寄せ　話しかけても。

敬礼し　共に入っていこう　生者たちの死の中へ
呼吸し　息苦しくもなる世界へ。

わたしは窒息する、暑熱や市街や山々
わたしをうち負かす　厄介な空間すべてゆえ。

疑りぶかい静穏にわたしは占拠され
生の両端に同時にわたしは存在する。

――自分を探している世界の　あらゆる端々で
神が　仰向(あおむ)けのきみらの頭を支えるとき。

山の背後の神

山の背後に　一つの微笑
一つの顔が　なにかたくらむ
そのくせ仰向けに反りかえり、
敵意を示す闇のなか
賢い溜め息さえ
どう結着をつけるか解らずにいる。
ことの奥底に触れた心臓は
目や唇をひきつれて

この山の斜面を
闇を　よじ登る、
とり巻く神の
大きな熱情のはたらきのまま
闇は　自らを作りまた壊す。

ひとりよがりな影のなか　わたしはいったい何者か
対等の立場を示そうと
この神は突然わたしに抵抗する、
それとも　神を悩ますのはわたしの方か。
身がってな嵐によるほか
解決のすべを知らない太陽のもと
正気を失わずにこれほど長く　ひとは
魂を裸でさらしておけようか、
不眠の顔は

わたしという檻のなかで　わたしを見る
アジアのようにやたらと疑り深い
一つの顔が　どんなに苦しむか　見とどけてやろうと！

☆（**おお　孤独の月よ……**）

おお　孤独の月よ、
きみは木々を証人にする
ひどく遠くから呼びよせて
きみの世界を満ちたりたものにする、
わたしは告げる――ここにこうして共に生き、
独特な一体化をしとげよう　麦畑のように
白楊（はこやなぎ）の葉むれのように。

遅くなり過ぎないうちに
いっしょに飛び立っていこう
耳のため　まなざしのため
地表を騒がせるすべてのために。

☆（**神は男、……**）

神は男、祈りはその妻、
彼らの影に　わたしを一人にしておいてほしい
生きている悲痛な顔によって
それぞれが確かめられ　かたくなに持続してほしい。
解き放つことばを　わたしは知らない
やはり彼らのかたわら　わたしを一人にしておいてほしい、

不可能でもいい　忍耐づよくしよう
しかたないのだ
死後の微笑を　まざまざと頬に浮かべて。

☆（**雷鳴のような……**）

雷鳴のような鴉たちの出現も
存在を照らし出すには充分じゃない、
裂かれた断片が血をたらす光の下
窓々があらあらしく閉じられると。

喜びや苦しみがどこにあるか　もう誰にもわからないから、
心臓の悲しい鳥が　ついにその息の根を止めるとき！

月とともに魂が　ふたたび生きていくため、
どうか　今　沈黙にことばが与えられるように！

☆（**闇は海へ……**）

闇は海へ　身を投げに行くだろう
昼が昼であるのは　ひたすら開かれた目のためだから。
翼を傾げるように　空は星たちを零しに行くだろう
その星の重さのせいで　空はぐらつくから。
不意に心臓は　苦しまなくなるだろう
死後には　骨のかけらも残らないだろう。

何者か

とらえがたい歩みで　何者かが座を占めにくる　わたしの中へ、
顔も肉体も手も指も　もたず
液体でもないのに　ものにしようとやってくる
まるで肉体があるかのように　そこにテントを張る。
なんの権利もないのに　彼は住みつく。
わたしには注意もはらわず
わが家のようにふるまい　わたしはただじっとしている。
わたしの喉や膝をわがものにする。
何を考えているか知ろう　と　目の中でわたしを見つめながら。
やがて　顔をそむける。沈黙のまますべてをやってのける。
きみたちは慣れるだろう　言葉つきはまだ反抗的だが
反抗が制御されれば　きみたちには　もうエスコートの必要もなく
語彙（ごい）は匍いつくばる。

それなのに
空はかなたにあり　山々を探している、
山々は谷を探している、
谷はほとんど散歩道となり
田園で活気をとりもどし
彼なりのやり方で山になる。
空は　別の谷々を探す。

惑星の女

頭から足の先まで　あらゆる風土がひそむ
「地球」さながら女らしい　地球の「娘」よ、
彼女に対し　わたしは礼儀正しい異邦人、

世界のどこからか　野生の翼で飛んできた。
わたしたちの心臓は　思い出す、不安ながらも領主然と
さまざまの冒険や私有地での狩猟を
きみの手は描く　けだるげに星たちを
さまざまな新たな要素を　露わにしてはまたすぐ隠す。
きみの爪は　夜の気高い肉にくいこみ
限りない白さが　散らばり　往き来し　転がり
混沌と渦巻いて　いろんな世界をつくるだろう。
おお　女よ　永遠の素材からなる優しいものよ、
「月」から伸びてきた見えない手が
屋根の上で愛撫する灰色の猫の
電気をおびた皮膚のように　夜は官能的だ。
「月」はそれを選んだ　拡散する快楽をそこにかき集めようと。
男たちわれわれはすべて死に　きみひとり生き残るだろう
呼吸する男が宇宙にひとりもいなくなっても

きみはなお　「地球」との一つ枕の床（とこ）で　陰謀を語りあうだろう。

だれが話してるのか

宇宙がかすかに音をたてる
たしかにその音か　わたしの耳にとどくのは。
そうだとしても　どうしてこんなにかすかなのか
おなじもの音　おなじ夜とはいうけれど
おなじであるはずはないのに。
このかすかな音は　どうなっていくのか
みずからひとり弱まりながら
そのことを思う耳もなく
それをみちびく手もなく

それでもなお　音は音としてありながら、
沈黙と沈黙とが　ひそやかにひっそり
婚約するところで。

☆（一人の男が……）

一人の男が　行っては　もどる、
ある観念は　猫になり
べつの観念は　犬になり
たがいに　けんかしそうになる。
こころの奥の動物誌に
包囲された人間だ　そこにいるのは。
野生の大物もまじっていて

降参するものか　とがんばってる。
ただ　一羽の鸚鵡だけが
ほんとうの違いをさぐっている
言葉のからくりを隠したまま、
波止場には
あわれな潔白さが　とり残される。

☆（朝の沈黙のなか……）

朝の沈黙のなか
（どこに朝が　どこに沈黙があるのやら）
これら花ひらく日々の影のなか
（どんな花にわたしは要約されるのやら）

前進し　また転がる　影のなか
群衆の奥に　わたしは自分を探している。
終りのない日々の　皮膚の下
ここに　胃袋　腎臓
あそこに　肝臓　うごく心臓
それらの住むぼろ家だ　わたしの肉体は。
おお　山の形をした生命よ
動物の形をした山よ、
おまえは自分を拡(ひろ)げ　わたしらをわがものにする
変りないゆるやかな動きで。
自然は　わたしらを捕える
突然　わたしらの存在するその場で
名前が呼ばれるとき
そこにはもはや
あわれな人間に探し出される

鳥や　トカゲや　魚の　身慄いしかない。

愛

ひややかな監視塔から投げられる
見張り番の視線が消えうせる。
男女の愛が　生まれる
たましいのない貯水槽のなかに。
どれほどの暗さが必要だろう
何よりも執着する宝もの
たがいの裸を手さぐりして
肉体たちが接合されるのに。
二つの存在はとつぜん近づき

秘事の鰻は岩かげからとび出し
情熱をこめて　純潔な天空の下
逸楽の剣をまじえる。
雌雄ふたつの潮流が
夜の防波堤をつき崩す。
あられもない　まれな一体のトルソーとなって
荒あらしく波は溢れかえる、
肉体をすみずみまでなぞる
手がくたびれて　死をまねるまで。

☆（しかしわたしはドアを押し……）

しかしわたしはドアを押し　部屋を離れる、

反りかえる昼間の　机やカーテン
いつも頭上に蝿が飛びかっている　と思っている猫など
閉じこめられた物らの　明白さを残し。

わたしは中庭をぬけ　自分の顔に再会する、
死のように滑らかだが
あらゆる戦慄をさそい　標的の円のように感じやすい
呑みこみ顔の井戸が　映し出すイメージとして。

終曲

あの爆弾が壊してしまった
雲の上の天使たちまでも――

蜜をつくる蜂の羽音
そのほかの音はつくれない。

袖なしを羽織り　悪意の頭巾をかぶった
悪魔どもまでが
ことごとく捕まり
みずからの仕業のゆえに　滅びさる。

しかし母親もなくひとりぼっちの仔羊は
それにも関わらず生きのびた
地球ぜんたいの名にかけて
仔羊はいななき　去っていった。

☆（世界は後ずさりして……）

世界は後ずさりしていった
極地の始まるあたりまで
解剖学者は見た　ライオンの腹の中に
一個の氷片を
氷片は待っていた　溶けもせず　待ちあぐねもせず
そのようなそぶりも見せず
世界が始まってから　ずっと。

☆（驢馬の耳、牛のらっぱ、……）

驢馬の耳、牛のらっぱ、馬のくるぶし、

牛の首の垂れ肉、犬の腸、アコーデオン、
毛、大地主の付け髭、奥様のおっぱい、
魂より秘めごとの多い　微妙な小さい足、
危険な種馬、自分の半身を蹴上げる雌馬、
その動作が解らぬまま眺めている仔馬、
黒い雄牛のつの、いたちの鼻づら、
菫（すみれ）の花に気づきながら　山鶉（うずら）のひなを嗅ぎつける犬、
蜻蛉や蟬やこおろぎの　足、
蜂鳥、火喰鳥、極楽鳥、
それにつづくこのわたし、肝臓や肺や腎臓、
心臓や歯、腱（けん）、神経、さらにズボンでできている——。

☆（木は動物だ……）

木は動物だ
希望もほとんどないくせに
沈黙だけは　たもっている、
暴風雨のさなかにも
視線は四方にひろがって
ひとつにかたまらない。
動かないまま　その足は
ひとつの出口を探している。
木には解らない
牙のこと　動いていく足のこと。
根は　すべての言葉から
木を孤立させる。
木が知っているのは

湖にうつる物の距（へだた）りばかり、
その湖で木はがんばっている
自分の存在を倍（ばい）にしようと、
解放へのゆめを　そこから引き出そうとしていたかのように。

☆**（手が文字を書く……）**

手が文字を書く
すると　惑星がまわる
あらゆる町と
戦争と群衆をのせて
わたしのペンよりもずっと
かすかな音を発して。

裸にされている寒い言葉たち
風のページの上の
五つの大海原の上の
未知の言葉たち。
恐るべき地球は　待っている
その瞬間を
さまざまな心臓の
飾りなどには目もくれず
われわれが篩(ふるい)にかけられる瞬間を。
冷静さをよそおいながら
中心を狙って矢をはなつ
その標的そのものだ　われわれ人間は。

供物（くもつ）

持っている最良のものを　わたしは捧げます
神さまをあれこれ夢想するのを　どうかお許しください
それが何かほとんど解らぬまま　供物とすることをも……

ああ　それにしても　これほど大きな施（ほどこ）し物ができようとは
神ご自身を供物とするような……。
お許しください　おのれの居場所もわきまえずに
けれどこの新たな不安が　わたしの誇りです。

浮浪女

乳房(おっぱい)はビール腹並み
どでんと垂れさがり
婆さんは　後へよたよた
前へよたよた、
今やけったいな囚人みたいに
思えるその身
ままならず。
頭はバスに乗り
足はねぐらに残り
腹はぺこぺこ
大腸も小腸も
全身検査で
入院中だ。

各停のくるずっと前から
パズルめく間の空けかたで
心臓はどうにか打っていた。
尻はモンパルナスに
肝臓はサン・ドニの平地に
ところが昨日まで金持ちだった
彼女の老いた両の手足は
ほとんど明日を失って
サン・ジェルマン大通りだ。
全体はやがて旧（もと）にもどる
どこかの裏通りで
たよりないまま落着（らくちゃく）する
もう役に立たない一つの肉体のなかで。

〔後悔〕

それほど大きなあんたの惨めさを前に
自分に唾をはき　厳しく叱責するような
無礼なまねがどうしてできたんだろう　老婆（ばあさん）よ
どこから生じたか　この残酷さは
ひどくしつこいこの態度
一つの困難な人生に対する
この敵意ある支配力……。
あんたを昼食に招待しよう
十二月の辻で
分けあうのだ　パンを
酒を　雪を　寝部屋を
それから　悲嘆を死なせる
秘密の殺しを。

死者二人の寓話

あの世からきた死者二人が、この世で生きて再会する。全責任は自分にあると記された通行証を、彼らは手にしていた。

〈第一の死者〉

動く心臓を中心にして
生きているという不思議さ
それはわたしたちの試金石、
この世に人間として生きるため
顔と顔で応(こた)えあう存在に
必要なもの
額や鼻や顎を持つということ。
望むがままに行き来すること

あわてることなく
いちどたりとひとの意志にそむかず
賢明で誠実な足をつかって。
もはや人間らしさがどこにもない
幽霊などと呼ばれている
あの青白い連中と
わたしたちは何の関係もない。

〈第二の死者〉

れいの輪廻説ってやつに
きみはとりつかれてるんじゃないか。
鏡をじっと見つめていたら
希望も溶けてなくなるだろうに。

〈第一の死者〉

鏡のなかを見ているが
わたしには何も見えない。
額の代りに映ってるのは
あらゆる推測
目の代りに
眉をひそめもしない空洞
鼻の代りに
呪わしいめまい
口の代りに
見えるのは訂正できない深淵だ。
それらを強調していうと
すなわち　穴の総括（ジンテーゼ）
洞穴　空虚——つまり

わたしはぽかんと口を開けた状態。
わたしは　疑惑のイメージ
話しかけられれば聞いてはやるが
何もしない先から
そのやり直しの必要を確信している。

〔この生きている死者はフォクステリアに変身。友人は彼をなぐさめる。〕

〈第二の死者〉

ああ　ちっぽけな――何という恰好だ。
いきなり目の前に
墓の石蓋よりあらわなものになって。
そんなに顫（ふる）えることはない、
生き死にに関わらず　人間は不安なもの

墓の有り無しを超えて　わたしらは兄弟。
人間の皮膚をまとっていること自体　辛いこと
未知ゆえ　その悩みゆえ
存在が大きいほど　空間もひろがる。
きみの占める場は小さく
課題の難しさは　やわらぐ。
人間であれ犬であれ　生きてることは同じ、
飲み　食い　眠り
余事も含め　きみはきみのやり方で
何でもやるし　異論の余地もないだろう。

〈第一の死者〉

この皮膚がまるきり気に入らない
調子が悪くって……。

〈第二の死者〉

すごくかんたんなことさ
今のその身丈(みたけ)に合わせ
肉体(フィジク)を　精神(メタフィジク)と
とり換えるのさ。

〈第一の死者〉

わたしもそうだったよ　今のあんたのように
事態が悪くなるなんて　考えもしなかった。
とつぜん　頭のてっぺんから足の爪先まで
一匹の動物になったんだ
それも他の動物じゃない　犬だ

自分の欠点がよくわかっていたからだ。
わたしは　信頼の息子
陽気な鶩(あとり)の甥
希望の弟
流行歌の徒弟。
他の犬たちにひとしく言葉を知らず
しかも人間のようにこころに記録し
ひとこともしゃべらないが
からだ全体で内容をつたえた。
わたしは加えた　引いた
止めなかった、
注文を聞き　重さを計る
正確に量(はか)り　判断する
秤竿であることを。
わたしは見た　聞いた

好きこのんでとはいえなくても
かつてないほど　わたしは嗅いだ
犬のやり方で　前からも後からも。
何よりつらい嫌なこと、
それは感じないふりをすること
心臓なんてどこにもございません　と
いかにも犬らしく見せること。

今自分が人間にもどるのが　わかる
すっかり固まりかけている
複雑な四つ足の生きものとして
アンテナで空気を探りながら
もとに戻れないのじゃないか　と恐れてる。

〈第二の死者〉

友よ　さあ元気を出すんだ、
きみは　半人間なんかじゃない
苦痛を洗い流したら
当然　前進だ
ほんとの好機があるんだ、
神話時代みたいに
巨人に生まれてないんだから。
小人でも　ちっぽけなレプリカでもなく
——その何よりの証拠が
あらゆる点で　無力なことさ。

〈第一の死者〉

ケチなやつ　つまらぬやつ　と自分を思う、

わたしは　あえて手を出さない、
犬の足と知れるのを恐れて
人間らしい外見が　突然
収縮するのを恐れて。

〈第二の死者〉

機嫌の悪い過去はわすれ
べつのことを考えるんだ。

〈第一の死者〉

安心しろよ
友よ　きみにもあり得ることだ
わたしを慰めたりしてる間に

犬の学校に入学したり……。
そこでは
やり直しはきかない。
死者は　現状を維持し
べつのものになる危険を冒してはならない。

世界の窓べで

未知なるものへの祈り

窓から神が眺めている　自らの居場所への
帰り支度でもするように、
わたしに出頭するよう促している、
わたし自身には犯したとさえ思えない
もう忘れかけた些細な罪のため。
どうか　公平な裁きを――
他の人びとにも　そのように。
どたばた劇はもううんざりだ。
笑いたもうな　わが役柄を――

わたしは　宇宙的詩人、
自分の内に百の祖国があり
行ってひと眠りしたい所は
いたるところにある、
それほど不眠に悩んでるから。
わたしはバスク人　ベアルヌ人[1]
雑種のウルグアイ人、
生まれた国がウルグアイで。
あなたがとまどわないよう　申し上げよう、
わたしが自分の洞穴を出ると
三人[2]のモンテヴィデオ人になる……。
見えてるものしか　信じない
それが　詩人の悲劇なのだ。
ところで　わたしは自分の窓から
あなたを見ている、内部の目で

怖れも羞(はじ)らいもない　両の目で。
創(つく)られたときそのままに　わたしがいまも在(あ)るのは
おたがいに　残念なことだ。
一歩一歩　あなたは近づくのに
姿を見せたり消したりするのに
わたしは体を起こしもしない。
神との面接をさまたげているもの
それは　悲しみで鉛のように重いこの体。
集団屠殺の時代ゆえ
わたしはじっとしゃがみこんでいる　闇の中に
目撃者でなければ思いもよらない
あのアルジェリアの　現実の片隅に。

一九五八年[3]六月

訳注

(1) フランス南西、ピレネー・アトランティク県に当る、ベアルヌ地方の人。

(2) ウルグアイ出身のフランス詩人は、シュペルヴィエルの他に、ラフォルグ、ロートレアモンがいて、計三人。

(3) 五八年五月中旬、アルジェ現地のフランス軍及び入植者（コロン）約三万人が、アルジェリアの独立、ド・ゴール政権の樹立を主張、反乱をおこし、流血がつづいた。

ハンガリーの友人たちに

こうしている間にも　地球は
非情に廻りつづけている
あらゆる国々をのせて、
五大陸の存在ゆえに
ハンガリーのあたり

山岳地帯を血まみれにして、
きみたちのいまわしい運命は
罪ぶかい人間たちを作り……。
法廷の
公正な裁判長の　前に
出頭するため　というふうに
わたしたちは窓を開ける
息苦しくなる　その日、
何もできない　わたしたち
何もかも足りない　きみたち
膝まずくほか
何もできない　わたしたち
神を信じない　わたしたち
きみたちのため祈る　わたしたち。

一九五六年

訳注　一九五六年六月、ソ連向けの農工機器・軍需品を製造する工場の労働者らのストライキは、駐留ソ連軍の撤退を求める「反ソ暴動」と化し、市民・ハンガリー正規軍は、軍事介入のソ連と戦った。反政府蜂起は、ナジ首相のハンガリー政府の指導力を失わしめ、ソ連は再度介入し民衆を制圧（三十八名の死者を出す）、ナジを処刑し、臨時政府をつくらせた。――ハンガリー動乱（事件）である。

わが娘たちに

――フランス残留中の――

二人の娘たちよ　わたしたちを隔（へだ）てる海のなんと広いこと
戦争と海と――
だがわたしには見える　これほどの遠い隔たりを超え
成長するきみたちが。
哀れなわが南米と　小熊座きらめく北国との間

限りない波立ちと　血まみれの鷗たち
そこに生じる気圧の下（もと）
きみたちは　ますます美しくいっそう優しく。
一つに結ばれるのに　むかしながらの方法で
飛ぶべき空が　今ないとしても
奥深い思い出は　天をつくる、
太陽にこそ及ばないけれど
大いなる自然らしさで
まごころこもった光を投げる
おなじ一つのランプの下　その天の下（もと）
わたしたちは互いの額（ひたい）を触れあわせることができる。

一九四〇年

ロンドン

あるイギリス女性に

ときおりわたしは　記憶の空へのぼっていく
美しい日々をもとめ　秘密の年月をたどり、
ある人生をつくり　それを作り変えたりする
不眠の事物がなんとか動いている
まっ暗闇のなか　ぶつかりそうになりながら。
あるべき行動の規範が　霧にかくれてるおかげで
ロンドンよ　前進する過去の視線から　自分が消えうせるときも
おまえはわたしの中に現われる。
青春時代の底から　おまえは跳び上がってくる、
回転する煉瓦の家のひとむれが　ふと停まり
むかしの炎を燃えたたせ　わたしを焦がす
消え失せるものほど滅びないものはないのだから

一人の女をめぐってすべては変化するものだから。
ロンドン　テームズ川　そしてわが初恋よ、
おまえたちの色彩（いろどり）は　残るわたしの日々にまざる。
内なる思い出は　優しい心を求めるけれど
思い出が古くなるほど　期待はとぼしく
もはや記憶もぐっと墓の方へ傾き
最後の鳥たちも去ろうとするのが　わかる。
あれら飛び去る六十年の歳月から　ここにとどまるもの
年上の女のまわり　もみあっている若者たち。

伝説世界

パトリス・ド・ラ・ツール・デュ・パン　に*

世界の最初の太陽

いまだ闇とざわめきにまみれて　一頭の馬が
夜の名残りを地面から噴きあげていた。
葡萄棚の高さにしゃがみこみ　一人の農民は
のぼる太陽の投げた槍を　拾い集めていた。
まだ墓もなく純粋な一日　その新しさのなか

牡鹿らは　鳩たちの心臓をあばいていた。
何千羽という燕になやまされ　一頭の牡牛は
激昂し　一跳びで　天頂まで行った。

水晶の光をはなち　あかつきの階段は
つぎつぎに着替える衣裳を　かくさなかった。
遅く床（とこ）についた最後の星は　片方しかない夜会靴（パンプス）が
露にひとしく　落ちるにまかせた。

☆（**太陽の伝令が……**）

太陽の伝令が　先駆けし
海のまんなかで　鐘を鳴らす。
伝令の子供時代の子供、
一艘の舟　それには六人の漕ぎ手がのり、
すべてを受け入れる姿勢だ――
過ぎ去った数世紀のなかでのように
おなじ見張りの目をもちながら
見なくてもうまくやってのけられる。
何か問題があっても　黙ってるがいい！
好機は秘密のうちにのみひそむ
よけいな一言が
波間の仕事をせきたてる
かさなる年齢の底力がやってのける
あのひどく脆い足場の組み上げを
それはわたしたちを休ませてくれない

それ以上うるさく命令しなくていいように。

*

大いなる天空の沈黙のなか
聞きとれないほどに角笛（ホルン）が鳴り
するとすべての光が消える、
嘲るような　明日のない　一つの手から
身をまもるのを誰もが望む
ひとすじの光を　除（のぞ）いて。

☆（地上世界と天上界の間で……）

地上世界と天上界の間で
一頭の秘密の馬が
わたしに告げる　はっきりした言葉使いで
わたしが　映像（イメージ）にすぎなかった　と。
それから馬は　駆歩（ギャロップ）でたち去る
砂けむりをもうもうと搔き立てて。
わたしはふみとどまるだろう　その音を耳にしながら
哀しみと疑念をたっぷり味わって。
馬がもどってきてから
虚（むな）しくわたしが探すのは　わたし自身だ。

一本の木

わたしの部屋の片隅で
それはヒマラヤ杉と呼ばれていた。

突然わが身におきたことが
彼にはほとんど解ってなかった。

自分の根がはずかしくて
できるだけそいつを隠していた。

ほんもののヒマラヤ杉のように
かたくなに背骨を曲げなかった。

なじみの道を探している

矮小病の木のように小さくて。
要するに　限りなく誠実に見える
予言者である。

彼はしゃべらず　考えている
沈黙が　彼の通行証だ。

それほどきびしい沈黙も
神の呼びかけには　ついに破られる。

変身

ひとはそれぞれ自分の中に　つねに抱えこんでいる
他者になる理由を——
しかも好ましくない風を受け
別の寓話にむかって　航海できる。
縞馬を夢みた兎が
せっかく闇をくぐり抜けながら
傷跡ののこる
チビ馬になってしまう。
鼻のわりに身の軽い象が
すごぶる純な蝶を思いえがいても
気まぐれな理性は
その誤りをおしえられない。
欲望がいくらさかんでも

せいぜいおかしなお手本どまり、
羽ばたいてみせても
体はほとんど飛んでくれない。
蛇は鷲を夢みるが
鷲につかまるのがおち
白イタチはいつまでも
走ろうとして狂ってしまう。
木に登ると　枝になろうとするが
枝にたどり着くや
たちまち木ぜんたいに変わり
葉だらけの心臓の上に　身をかがめる。

☆（ある日すべてが奇跡を……）

ある日すべてが奇跡をしめすだろう
茎の上にひらく薔薇の花のように
一杯のコーヒーが
永遠をめざして香るだろう。
「今日」のような単純な一語が
あらゆる意味を指すだろう。
手から手へわたされ　見るみるうちに
「明日」になるだろう。
用心深い時間は　見るみるうちに
溶かし　吐き捨てるだろう
ついに骸骨も沈黙させられるほど
孤独な魂のため
のみこんだ魚の骨どもを。

いちばんつつましい微笑は
中国からカシミア地方まで照らし出し
イランを横切るだろう
飛翔する力を少しも失わずに。
安物売りのいやしい商人は
その大きな籠から　とり出すだろう
純潔この上ない一人の娘を、
ひき寄せられる人びとのため
感嘆し大きく見開いた目にうつる
多くの物の中でも　とりわけ輝くものとして。

☆（お手を貸して下さい……）

「お手を貸して下さい　お解りでしょう
目の見えない人のように　わたしは孤独」
「どなた　どなたも見えませんが」
「見えないふりは止して下さい
お解りでしょう　二人きりです
惨めなのは　わたしの方」
「手を貸すなんて　できませんよ
手の扱い方もご存じないでしょうに」
「せめてお声を貸して下さい」
「この声をどうやって切り離しますか」
「ああ　何とでも応答なさい
でもいいですか　いずれあなたの番ですよ
声を失うのは　あなたの方

あなたの惨めさほどの惨めさは
地上でほかにないでしょう
今ここにあるわたしたちの惨めさを除いては」

訳注　＊パトリス・ド・ラ・ツール・デュ・パン＝一九一一〜一九七五。フランスの宗教的神秘詩人。二十歳のときシュペルヴィエルに認められＮＲＦ誌に登場。二十二歳で刊行した詩集『喜びの探究』がジッドその他に絶賛された。

状況の詩

霊木

親しみをこめてポール・クローデル(1)に献じる

ああ　わがクローデル、きみはもう何者でもない
ただ一人　死の前に進み出るきみは。
とつぜん名乗りをあげる　あの霊木、
だが確かにきみ　オルペウス神話の木だ。

おお　わがクローデル、この優しい所有詞も
いずれいささか御(ぎょ)し難い相手に気づく。

いつもきみは他人よりも自分のことを省察する、
よくないことだ　お祈りにばかり耽って。

神は彼のもとにもすべての真の詩人のもとにも在り
彼らの心臓や頭脳のマキ[2]のなかにも在る、
全世界が足先まで　寝袋(シュラフ)に包まれているか
われわれの目でもよく見張れるように。

だれに確信できようか　三千年のはてに
彼らと同じ想いの中に横たわっていると。
その翼の長さを　だれが知るだろう――
こう告げるのは　この謙虚なシュペルヴィエルだが。

もちろんだ　理にかなってると確信せずに
一つの歌(シャンソン)も　好んで歌えるものじゃない。

葬送の歌としてなら　きみの歌もけっこうなもの、
わたしの唇がひび割れるだけだとしても。

充分なお恕（ゆる）しもえず　心の奥にあることを
わたしはありていに申し上げ、
大きな過（あやま）ちを犯しました、
きみの高さにとどくため　自分も死者であるかのように語りかけて。

訳注

(1)　一八六八〜一九五五。外交官・宗教詩人。日本にも大使として来任。マラルメ、ジッドらと親交。後の「自らの思念を探す」にも注記。

(2)　maquis——雑木林の意味のほか、第二次大戦中のフランスの地下抵抗組織「マキ」をも指す。

サン＝ジョン・ペルス*に

泡の輪のなか　溢れ流れるもののなか
島々に帆を挙げさせる　詩人よ
あなたの歌の方へひろがる船団をみちびく
星たちを確保する　空を必要とする者よ、

言葉たちをあなたが繋(つな)ぐのは　それら言葉を解き放つためだ
海抜の友　水晶体の側から──
じかに青空を飲ませ酔わせて
現世でうまく避けているある意味を　言葉たちに恵みたいから。

海底で歌う太陽によって金色に塗られ
あなたの輝く果実らは　近くにあっても近寄りがたく

他に何もあるまいと思えた場所に　あなたの標的(まと)が拡がる今
身ぶるいし煌(きらめ)け　世界中の矢！

ひそかに心臓の古傷をつくろい
永遠の深淵から　年月の浮かび出るのが見え
あなたが賢者として立つ高台の舞台に
海溝の秘密の時がわき出すのが見える。

わたしたちの内に生きるあなたの歌は　でもどうなるのやら
友人らは著作物をとり巻き　あなたを探す、
これほど言葉の自由をわきまえたあなたが
わたしたちにも流謫(るたく)を強(し)いたりできようか。

音楽の力に支えられ　あなたはいつでも
「天」と「地」の曲り角に姿をあらわすが

セーヌ河の希望の岸辺では　救いの手をさしのべたりしない、
現実に囚われたわたしたちには。

訳注　＊サン＝ジョン・ペルス（一八八七〜一九七五）。詩人・外交官。北京の仏大使館書記官のころ、アジア各地に旅行。超空間・超時間的な魂の内的漂流をうたった『遠征（アナバース）』（一九二四）『流謫（エグジル）』（一九四二）で知られる。

赤い魚たち

金魚鉢の中で　急に向きを変える
魚たちは知らない　その病気の正体を。
それは深さからくる病気
そしてごくごく小さなものからくる病気。

わたしの肝臓に

わたしは知らない　きみが何を考えているか
言ってくれ　きみの企んでいることを
わたしたちはここまで生きてきた、
心配ごとを互いに伝えあわず

二人とも互いに
一度も匿名で会うこともなく。
なぜ突然　きみはわたしを不愉快にさせる
何か傷つけるようなことを　わたしがしたのか
もっと気安く説明してくれないか
その優しさが　わたしには充分解ってるつもりだから。

歴史

サン＝ジャン・ダクル[1]の宵だった
ジャンヌ・ダルク[2]の火刑の直前
今日という日にもひとしい日であった。
歴史はもの音もたてず

姿も見せず前進する。
それはいつもわれらの深夜
自分のことを窓べで語り
ルイ十四世(3)だと名乗ったり
宗教戦争だったり
名称もない多くの事件、
頭がでっちあげたり　壊したり
いずれ同じ解決になる――。

訳注

(1)　十二世紀末にはじまる、地中海に面したイスラエルの町。その祝祭。

(2)　一四一二～一四三一。百年戦争の後期、イギリスの侵攻による危機から祖国を救った。

(3)　一六三八～一七一五。絶対主義により太陽王と呼ばれた。

☆（お乗り下さい、マダム……）

「お乗り下さい、奥様（マダム）、
フランス語がお解りかどうか、ともあれ」
「存じてますわ、どこの国の言葉であれ、
言語母胎から抽き出す術（すべ）を心得てますもの。
でもあなたはどなたかしら」
「わたしは御者ですよ、
よければあの世へも行く幌（ほろ）付きの
大祭典の豪華な馬車とも変わる
この胸三寸の乗合馬車の　定期便の――」
ドアを閉めて、さあ出発。すると侯爵夫人、いわく、
「さくらんぼ、も一ついかが。
むかしはむかし、過去のかくれ蓑（みの）なんて
もううんざりじゃございません？

あなたにさせてあげたいのは
現在〈ただ今〉できること」
「するとこれは変装ですね、
侯爵夫人のご衣裳は。
古い時代の方ではないんですね、あなたは」
「どうなりとおとり遊ばせ。
この動乱の時代、
念入りなサインを送り
天空全体があなたに反対しているときにさえ
なんと詩人はのんき者……」

☆**（村から村へ……）**

村から村へ　小川たちは笑いながら流れていた
反射鏡をあちこちへ移し
風景をいちばん澄んだ水に溶かし
それらぜんぶ運び去り　ごちゃまぜにし
海のまん中へ投げこんだ。
家々の屋根も　遭難した白樺も
ベッドの天蓋なども――
それらは　鮫どもの腹も満たさないほどの
蜃気楼にすぎなかった。

太陽に

火であることが問題でなく　少しでも自分を火にすることが大事

寒いとき　しだいに湿気に占領されるとき
いつも予定の大道を歩くのが問題でなく
少しはのらくらするのが大事　新芽を食うあの驢馬のみち草のように。
どこにでも居られることが問題でなく　あるささやかな場を選ぶのが大事、
それを　木とも家とも女ともパンのかけらとも　呼ぶがいい、
いつかきみに教えてあげよう　空や星　そして
きみ自身について　きよらかな金（きん）のかがやきとともに、
夜の暗い画布に　下画（クロッキー）を描いてあげよう、
けれど答えをはっきり見たければ　火はことごとく消すがいい。

☆（何かの形になりたがる……）

何かの形になりたがる　風の告白が耳に入（い）る

黙っていてさえ　誰にもそれと知れるように
ここちよく醸(かも)された夢を　作り変えたりせずに
やわらかな薔薇の中心へ　蜜蜂よ　きみがたどり着くように。

☆（ガラス屋根のおかげで……）

ガラス屋根のおかげでよく見える　サーカスの馬、
顔のあたりは埃だらけ　鼻面には蠅
薔薇いろのリボンを巻き　尻にはタガをはめ
不必要な清潔さをのせる特技ゆえ　大事にされて。
どこもかも赤い道化役者が　馬の信頼をえたがっていた、
要するにたかが酔いどれの小唄だが。

☆（雨は　降ろうとしても……）

雨は　降ろうとしても　むり、
雨は　膝まずき
惨めさの　よだれを　垂らす。
それが憤りのせいでなければ
手に　心臓を載せるとき
天は　なおさら遠ざかる。
時間を　そしてすべての強盗どもを
ののしろうとして
平凡きわまる地球は、
自分の動きが不安になり
われわれ人間をどなりつけようと
突然　ふり向く
止むことなく廻る地球は。

☆（わたしの少年期は……）

わたしの少年期は　家の中を走りまわろうとし
じっさい走っている　過去の騒ぎもひき連れて。
動かずに動き　微笑まずに微笑み　少年期は
立ち上がりぐるぐる廻るが
それも気まぐれ　動かないのと同じだ。
思い出は風から生まれ　雲を創(つく)る。

☆（あの緑の瞳のための……）

あの緑の瞳のための　世界のどこかの思い出よ
一つの記憶このわたしに　何ができよう、

その周りのさまざまの場で　それでも生きたり
死んだり　いたるところで生まれ変わって。

遠ざかるあの緑の瞳のため
その燐のきらめきの中　火傷（やけど）の痛みの中、
新しい法則をわたしは探しに行く
永続するごく些細なものを見つけに行く。

☆**（快楽や若い女たち……）**

快楽や若い女たち
その失われやすいことに気づく人びと
歳月が過ちをおかさせること——

つぎつぎにわけなく事を推(お)しすすめる　人生よ。
彼らの穏(おだや)かさをたたえる者もあるが
それは忍耐の結果じゃない、
白髪(しらが)頭は見せかけのもの
情熱がないというのも……。
音もなく老いは育つ
静かな破局——
それがわれわれの生の詩を　節(ストロフ)から節へと
押しやる　忘却の洞穴のなかへまで。

魔法の葦笛

クリスマスのため、揺り籠に寝たまま会いにきた、孫娘ロランスに贈る、嬉遊曲。

手に何ひとつ持ってなかったが
あの子は翼で遊んでいた
指いっぽん動かさないで
遊びに夢中になっていた。
充分だった　きれいというだけで
四ヵ月を経て
黒い瞳をしているだけで
それと知ることもなく
空を横切っていく
燕たちのように。

あの子にとって微笑みが
そのまま仕事になっていた
なんの苦労もしないまま
まじめなつとめになっていた。
できたての肉から生える
乳歯さながら
心臓と脳の区別も
まだはっきりしないのに
おのずからそれらの在りかを示していた。
動かずにいる
することはそれだけだったのに
あの子は　口をきかないまま
思いどおりにやり通した、
背くのでも　仄(ほの)めかすのでもなく
叫び声を　ひとり自分のために確保して。

いつも揺り籠の中にいて
産衣(うぶぎ)にからだを拘束され
天使の助けももとめずに
世界をとびまわり
ヴォバン将軍[1]のやったように
軍旗をはためかせ
天道虫(てんとう)がいとなむような
信頼できる技(わざ)をつかい
あの子にはあまりにも大きすぎる
砦を築きあげていた。
ことばは話せないけれど
言いたいことはたくさんあった
狂ってるとしか思えない
大人たちの悪事が解っていた。
ほとんど見えてるとはいえなかったが

かい間見ていた　大人たちの戦争を
血を流すことなく
だれも不具者にすることなく
戦争にまったく関わることなく
あの子は　わたしたちを癒(いや)してくれた。
まだ多くの時間
乳房にとりすがったまま
さまざまな人間の支流をふくめた
空間とともに――。
オレンジのようにふっくらした
新しい遊星
小さな城砦よ、
かぎりなく脆いけれど
より正しい言い方をすれば
この子は　頑丈で

必要充分にできていて
寒さにも暑さにも耐えられ
われわれのよじ登ってきた
この人生に追いついてきている。

*

快活な心臓とともに
あの子は生まれてきたばかり
それと誇示することもなく
神を　あの子は分析し
素朴なままで
神を　かわいい少年を　見つけ
讃えていた、
凍りついたりせずに

存在し　存在したこと、
いまわしい日々の中に
存在理由を求めたりする
不幸せな世界を
窓ぎわまで見に行って。
魂を不滅なものとする
教会へ行きもせずに
あの子はとっくに知っていた
助祭とは何者であるかを
長外套すがたの
助祭長のことも
ただしあの子は
ひそかに彼を好いていた
髪の毛が栗色だったから
口うるさい連中

というよりお調子ものたち
というより盲信者たち
というより小僧っ子たち
へんに気取ってる
ガキどもといっしょに
山から降りてくる
田舎司祭を。
彼らは捧げた　リラの花を
あわれな女の子に
詩人の娘たちに
孫娘にも。
ちやほやされ　たちまち
あの子も　花開いた。

*

四ヵ月もずっと
指いっぽん動かさずにいても
あの子はもう心得ていた
六脚押韻の詩がどんなものか、
誤りをおかさず
韻を踏ませる術を、
詩人であり
馬ではないしるしを。
読み方を彼女はまなんでいた
全世界が回転する
母親の目を見ることで。
呼吸するその刻一刻が
アルファベットだった。
髪に櫛をあてられると

もうそこにモンテーニュ[2]がいた、
ため息をつくと
そこにボシュエ[3]がいた、
帽子をかぶると
エドガー・ポー[4]だった、
帽子を脱いでいるときは
ロンサール[5]がたち去った、
もう一度かぶると
マラルメ[6]がいた、
靴をはくと
フランソワ・ヴィヨン[7]だった、
はかないときは
彼女の名付け親[8]がいた。
すべてあの子の願望の中に
前もって登録されていた、

選べないことへの
結着をつけえないことへの
それがお返しだった、
やがて訪れる暁のような
知恵のすべてを傾けて
閑を埋めていくことが。
試験に受からなくても
彼女は言った　アーメンと、
honoris causa[9]と誓わなくても
このロランスはやってのけた
揺り籠に
ミモザの花の屋根をさしかけ
雛罌粟の反映をそそぐことを。
五ヵ所の学士院に籍をおき
何ごとも

中途半端に了らせなかった。
入学許可をえても
そうした経歴は口にしなかった、
ひそかにそれを誇ることは
許されている、
学士院といえども
優等生の坐る深紅色の
椅子にいる
あの子をのぞき見ることはできる——
だれもがしんと黙っていた
美しいあの子だけが　何てばかばかしい
と　舌打ちすることができた。

*

あの子はきみたちに託していた
記憶に刻みこむ世界を、
祖父わたしのことも
そう大げさに騒ぎ立てたりせず、
当方さほどの血気もなく
とはいえ必要な血の気はまだあって
死が近い老いぼれとはいえ
飛び跳ねる余力はあり
みんなの前で
人間らしい憐憫(れんびん)喜捨(きしゃ)を
もとめる工夫はしていたのだ、
手をさし出すのでなく
磁力ある目の
はたらきひとつで
死のときまで

檻に入れておかねばならないほどの
勇気をもって
理不尽な運命をこばみつつ。
あれほどに年端も行かず
人生のじの字も経ないのに
あの子はきみたちに歌い語っていた
酒呑みのシャンソンを
わずかとはいえ知っていた
飲むとはどういう意味なのか。
哺乳瓶をくわえつつ
単純な行進歌をうたい、
異端気取りでも何でもなく
彼女の「共和国」の中で
ひとが詩と名づけるものを
魔法の笛でかなでていた。

じっさいに詩を作るのは
そのずっと後だとしても、
神を冒瀆するのではなく
霊感をおぼえ
追求する自分のテーマを
たしかな昏の操作で追っているようで。
だれしもがそれを認めた
生き方の狂った者さえも、
みんなが嘘をつくときも
不透明な気分をかなでるのでなく
あの子は真実をうったえていたから。
田舎へ骨休めに行っても
あの子は産衣(うぶぎ)に包まれ眠っていた、
宇宙を夢みるため
天使らの世界になじむため

ガンジス河の向こうを知るため
そのことを辛いと思わず
むしろささやかな幸せと感じ、
あらゆる越境者のため
心臓の鼓動をおぼえ
葡萄摘みとともに
収穫のうたを歌いながら。
彼女はロンドンを訪れていた
たった一人　そのことに倦きもせず
目を閉じて
心のなかに灯をつけて。
そうして　あの子は学んだのだ
学校でまなぶよりずっとよく
地理を
また歴史を

さまざまの文明国を
今は亡き偉人たちを
いちばん小さな地図を手に
そのことを歎きもせずに。
全世界を前に
それらを順に眺めていった
半ば目を開けて
ひとのいうように
地球がまるいかどうか、
貪っている塊りは
母親の乳房——
それはいつでも新鮮で
雷鳴にも動じない騎士のように
神聖にたもたれた知力ゆえ
闇の中でもそれと判(わか)るのだ、

あの子の心臓　駒鳥は
申し分なく歌い、
この鳩は自ら死ぬことがあろうと
力強くよみがえる
心臓の動悸のひと打ちごとに、
彼女はものごとをよくわきまえた
いわば人生の達人だから。
ずっと動き止めないが
客寄せの道化ではなく
吐き気を催させもせず
じっくり
達人ぶりを見せてもらえることだろう、
人生の最終章で、
ただしたっぷり
四世紀余りも先のはなし。

訳注

(1) ヴォバン（一六三三～一七〇七）フランスの元帥。主要な要塞を守備したが、王政を批判し失脚した。

(2) モンテーニュ（一五三三～一五九二）フランスのモラリスト。『エセー（随想録）』の著者。

(3) ボシュエ（一六二七～一七〇四）フランスの神学者・歴史家。

(4) ポー（一八〇九～一八四九）アメリカの詩人・小説家。

(5) ロンサール（一五二四～一五八五）一六世紀フランスの詩人。

(6) マラルメ（一八四二～一八九八）フランスの象徴派詩人。

(7) ヴィヨン（一四三一？～一四六三？）放蕩無頼をきわめたフランスの詩人。

(8) 名付け親　シュペルヴィエルの孫娘ロランスの名付け親、詩人リカルド・パセイロ。

(9) honoris causa ――ラテン語「名誉にかけて」

二人の詩人

ガルシア・ロルカ(1)

ホルヘ・ギリエン(2)

（ジュール・シュペルヴィエル試訳）

訳注

(1)（一八九九〜一九三六）スペインの代表的民衆詩人・劇作家。『ジプシー歌集』『血の婚礼』他。スペイン内乱の犠牲となり、銃殺された。

(2)（一八九三〜一九八四）スペインの学匠詩人。キューバのニコラス・ギリェンと混同されやすいが、こちらは純粋形式を求めた抒情詩人。三部作『群衆の叫び』によって、象徴詩風を脱し社会性を獲得。『言語と詩』は洞察力すぐれた評論集。

〔ロルカ〕

聖女オラーリャ[1]の殉教

メリダ[2]展望

尾の長い馬が
街なかを走ったり跳ねたり、
かたわらローマの老兵たち
賭博をしたり居眠りしたり。
ミネルヴァの大木はひろげる
葉の落ちた千の腕を。
岩々のとがった角(かど)に
落ちかかる水が金箔を貼る。
鼻欠けの星や

胸像のかもす一夜が
あかつきの裂けるのを待つ
完璧に崩れるために。
赤い鶏冠(とさか)を立てた罵り(ののし)声が
ときおりひびく。
聖童女のため息が
水晶の杯をくだく。
小刀や鋭い鉤(かぎ)を
研磨車が研(と)ぐ。
きたえられた雄牛がうなり
幹の上で熟し
ほとんど眠りから醒めた
甘松(ナルド)の冠を　メリダはかぶる。

殉教

今　裸の女神フローラはあがる
小さな水の階段を。
オラーリャの乳房をのせる
盆を　執政官が要求する。
聖女の胸から
みどりの血が噴きあがる。
彼女のセックスはふるえ　とまどう
茨の茂みにいる鳥のように。
すでに常軌を失った地上に
切られた両手が躍(おど)る、
もはや首をなくし痩せ細りながらも
まだ祈りのかたちを保ったまま。
さっきまで乳房のあった

胸にあく緋色の穴から
しごく小さく空が見える、
したたる白い乳の流れが。
無数の血の樹木が
その濡れた幹で抵抗する、
数百の炎のメスに。
眠れなくて肌は灰色の
黄衣の百卒長たちが
天をめざす、
銀色の甲冑をぶつけあいながら。
かたわら兜の飾り毛や
長短さまざまの剣の情熱、
それらは混乱しわななき
執政官は盆にのせ　捧げている
湯気の立つオラーリャの両の乳房を。

地獄と栄光

波打つ雪がしばし止む。
オラーリャは木に吊るされる。
黒焦げの裸体が
凍った空気を炭化させる。
夜空はひろがり高く煌く。
オラーリャは木の中で死んでいる。
町々のすべてのインク壺が
しずかにインクをこぼす。
仕立屋の黒いマネキンたちが
遠くまで雪を覆いかくす。
きみらの長いつらなりが
重傷の静寂をうめかせる。
雪になる。

木の中のオラーリャの白さ。
ニッケルの槍騎兵らが
彼女のわき腹に槍を突きさす。
夜鳴きうぐいすの茂みと
淡水の流れとの　二つの乳房の間、
燃えあがる空の奥、
聖体顕示台がかがやいている。
砕け散れ　色ガラス！
雪の上のオラーリャの白さ。
天使たち　熾天使（セラフィム）らは　呼ぶ、
——聖女よ　聖女　おお　聖女。

訳注　(1)　古代ローマ時代の殉教者。　(2)　一地方名。

〔訳者付記〕これら右のロルカの詩は「シュペルヴィエル訳」として、ルイ・パロ編、セゲルス版〈今日の詩人〉草書第七巻『フェデリコ・ガルシア・ロルカ』（一九五七）に収められた。

〔ギリェン〕

大気

気高い女性たち　ひばりたち、
たがいの高さを溶けあわせるがいい。
囀りと山々は
大きくなるために繋(つな)がりあう、
おびただしい露をあび
ふるえている朝のなか、
距離と寓話を
創(つく)り出す空の下
けがれなく　はかり知れない朝。
光のなか　思いのままの

気高い女性たち　ひばりたち、
降りてきながら　大気を金に色づけて！
そのように痕（あと）を付けるがいい、
それほどに単純に　鮮やかに
それほどに深ぶかと
大気にこころを寄せる　これらささやかな生きものの。

彼女らの魂は　じかにはたらく
ことごとく目に見える、
つねに愛しあうものらの
ああ　唯一の視線ゆえ！

気高い女性たち　ひばりたち！

大気

大気は何ものでも　ほとんど何ものでもなく、
あるいは気体であることも止め、ひそかに
どこかへ立ち去っているのかもしれない。
何もない　ほとんど何もない　空。

ぬけめなく大気は自分をひろげ
だれもその肉体を見ることができない。
このように自分が　澄明なもの
このましい沈黙であることを　望んだのだ。

霊と化すまで　自分を微風となし
立ち上がり　そうかと思えば
ひとすじの光りに

飛びさる微風は　つらぬかれる。

透きとおる冷たさが
氷河のひとつのように滑り、
その水晶体は　光りのちからで
研ぎすまされる　西風になるまで。

この世のものならぬ軽やかさだ、
ある空気はほとんど　地に触れもせず
白くなることで　たちまち
もっとも純粋なことを証明する。

支配者としての大気は
わがものにする　さまざまの距離　遠さを、
新調のしろものと見えないように

その美をうまく包みかくして。

底の底まで　わたしの吸いこむ空気
たくさんの日光が濃密にしてくれ
さらなる貪欲さゆえに
時みずからが吸いこむ　空気よ。

あれらむかしの日々はすべて
今　溶けてさまよう、
ある息が永遠の方へ吹きおくる
この壮麗なかがやきのなか。

田園になじみの石垣
黄土の番人たちは　反映する、
思い出の山頂に

昼下がりのこころ優しさを。

平穏さがいわばそこらをさまよい歩く
その雰囲気のなか　平穏さが
歩みをみちびく、知らずして
大気の方へと流れ行く言葉たちのように。

それは水晶体——
ただし　愛する者たちになる道すじの。
それは探している　金色の霊気を
陶酔にいたる　ささやかな道を。

わたしは空気を吸う　吸いこむ、
存分に、まるで逸楽の園に
なにより自分たちの楽園に

遊ぶすがたが見えるほど。

そして生命　たえまなく生命は
ふさわしくもつつましい態度で
無口になる　この大気　つまり
この素朴な奇跡のなかで。

これが生きること　他（ほか）の何ものでもなく
この息から　わたしたち人間の息が生まれ、
信ずべき大気の息、それこそが
驚異なのだ。

これこそが　大気のなかの光明
大気とともにある　欲望
最高の透明さを示す　ため息。

わたしは信じ　呼吸している。
独り言(ひとごと)のかなたへと
わたしの愛の向きを変え
すべてのバルコニーは　自らを押し出す
宇宙の大気のなかへと。

端(はし)の端　ぎりぎりのところまで
身を伸ばす
バルコニー　あるいは見張り台
たそがれつつも　金色に保たれて。

わたしの目は受け容(い)れる
膨大な額(がく)の支払い命令を、
鏡のおくに　またも見つかる

展望（パノラマ）よ。

樹木と鏡との間には
川のながれと舟を漕ぐ人
限界のない大気は
経過を灰色にしてくれる。

おお　美の余白
この雲のはれまから見れば
さまざまの細部からなる物の群れも
もう群れではなく　混沌はどこにもない！

内部からよりよく感知するために
自ら（みずか）を大気のなかで深めていく
小さい庭や鉄の柵

通りの片隅や庇窓など。

その限界をかいくぐり
事物らは　楽しみを見つける
自身の裸身が
事物らを完成させ——彼らは在（あ）る。

それは春の小島
あんなに緑で　ほろ酔いの！
とねりこの木々は　小枝まで研（と）ぎ上げて
何よりも優しい風を　さし出す。

空気のくぼみこそ
じつに澄明な　木立ち　葉茂み。
それらを愛するすべを知り

わたしはどんなに安らいだことか。

飛翔の幸福感——一日たっぷりつづく
緊張を　それが充分つぐなってくれる。
厚く盛り上がる木の葉は
かけがえない静穏へと自らを押し上げて。

収穫（とりいれ）と丘々の親友
塔は　自らを金にいろどる。
岩石よ　光りよ！　きみたちの中にもある
あえぎ　身ぶるいするものが。

群れをなし追い越しあいながら
鳥たちは遊ぶ。見たまえ、
あれらすべてが　行き　戻り　向きを変え

協力している　大いなる賭けに。
もったいぶりもせず　大ざっぱながら
いってみれば　ある力への　賭け。
だが　さまざまの形態はついに
瞬間を完璧なものにする。

この鮮烈な完成　それは
はるか遠くでまたたくものにまで及ぶ、
わたしの期待を
網のように大きく打ち拡げて。

太陽の　あの大いなる断片
雲たちは燃えている　彼方に！
理由を知りすぎたりはせず

わたしの欲望は　自らを照らし出す。

木立ち　地平線、
——不滅のみどりよ——
それらが天の領域を頂きへと押し上げ
栄光をもたらすのだ！

白の　そして青の　栄光
もっとも純粋　もっとも激越なもの、
神々の　火の　先駆け
雲たちの　歓喜！

とつぜん現実が
予兆を超え　夢は
天空の包囲する

大気の中でのように大気の下をくぐる。

空気は澄んでいる　よりよく夢みるため。
神秘の領域よ。
大気はその創造をもって
わたしをとり囲む。おお　神の囲った畑！

創造はつづき　大気の息子
わたしはそれに従属する
大気　この透明さ！　そのままに
つづいてほしい　至高の荘園よ！

散文　そして　散文たち

《人生に文句を付けてばかりいると、手厳しい罰が返ってくるよ！

——文句なんて少しも言ってませんよ。

——よくもそんなことが言えるもんだ！》

樅（もみ）の森から雪だるまが出てきて、やっと何とかわたしの方へ近づいてくる。

《雪解けが進んでるのがわからないの、だるまさん？　谷間の方へ溶けた足が流れ落ちている。

もう腿まで溶そうになり、膝で歩いてるじゃないの》

けれど雪だるまは前へ進んでいた。

死の隙間から人生が見つめられれば、もっとわたしたちは……。

何たる不均衡！　たった一つ、実物大の人間の手だ、これまた実物大の海の上に。どうすればいいだろう、この波打つ何万の波に対し、きりもなく大きい海のレモンを揉みしだくよう作られていないこの五本の指に対し。

何なんだ、ただ一つわたしの部屋に残されたこの巨大な耳は？　そこに居ないときでも聞き耳を立てている女中（メード）の耳だが。

熱いコーヒーを一杯運んできて、死者は、たった一人それをちびちび飲んでいた。だれも見ていなかったので、彼は完璧にそれをやってのけた。

彼はまた、多くの名前をもつ遭難者を救けた、そのうち二、三人は特定不明、また何人かは現在分詞か過去分詞付きの、また二、三人は前置詞付きの、遭難者を。全体おしあいへしあいする中、たった一つの形容詞を付ける暇も、彼にはなかった。

亀　語る

わたしは存在する　そして、もはや存在しない。わたしはわたし自身の鼈甲（べっこう）をかぶった「追伸」になった。贅沢な物体（オブジェ）だが、この贅沢さにも関わらず、あるいは贅沢さゆえに、自分に起きる出来事がわたしには解らない。もう皮膚呼吸もできないほど艶光りさせられている。小さな頭を付け、たくさんの物事を把握していたが、もうまるきり頭が失せている。わたしは腹やとても役に立つ足をもっていた。それらはすべて食べられ、お払い箱にされたりした。甲羅しか保存されず、せっせと磨かれ、工芸品に仕立てられ、高級なシガレット用の箱として今ここに在る。所有者がしばしば蓋を閉め忘れるほど見事なしろもので、われにもあらずぽかんと口を開けたまま、あくびした様子のままでいたりする。すべてはおのれの幸運と思えば思うほど、ますます辛（つら）くなり、せいぜいわたしは、遅鈍さの娘たち、臆病さの孫娘たち、わたしのあの頭や足を、なんとか追い越そうとするのだ。

すごぶる不機嫌で、髭剃りもシャワーもしたくなかった。「太陽」や「月」がしんから馬鹿に思えた。アルタイルやベテルギウス(1)や銀河の星すべてに対してと同じくらい、最良の友人たちに、わたしは腹を立てていた。筋の通らぬ恩知らずになりたがり、遠近を問わず相手にケンカをふっかけていた。自分の存在を証(あか)すため、頭突きの姿勢で、相手かまわず突っこんでいこうとした。

機嫌をとろうと、みんながサービスしたがったが、わたしはアルマジロや貘になるのを、憤りをもって拒んでいた。自分がぞっとする嫌なものでありたいと思っていた。鼻の上に角(つの)があり、口が耳まで裂け、鰐のように皮膚の硬いものになってやるぞ、と思っていた。けれどトカゲ類の端(はし)にも属せないと、承知の上。哺乳動物の両脚や腹が急速に硬く甲殻におおわれたら、とわたしはゆめみた。

突然わたしは何かで満たされるのを覚えた。犀になり灌木地帯をさまよい歩いていた。まわりにはサボテンや湿地の森や泥沼があり、その泥沼にわたしはうっとり身を沈めていた。気づかぬままわたしはフランスを去り、南アジアの大草原(ステップ)をよこぎっていた、小さな四脚をもつといわれた、古代ギリシャの重装歩兵の歩みで。いつもはあれほど弱点のあったわたしが、成功の大チャンスを得てついに、真正面から人生に戦いがいどめる。変身は深部まで完全になされ、いよいよ傑作が仕上がるかに思えた。そのときだ、角の生えた硬い頭のなかに、マラルメの二行の詩句[2]がはっきり聞こえた。

確かなのは、すべて始めからやり直さねばならないことだった。

訳注

(1) アルタイル＝彦星。ベテルギウス＝オリオン座の赤い一等星、アルファ星。

(2) ポール・ヴァレリーにいわせれば、「宇宙のオルフォイス的解釈」すなわち「絶対詩」をめざしたマラルメの詩句、「半獣神の午後」中の、「ああ、さはれ、わが額に生ふる二つの角に　結ばれし／髫髪もて幸の手に、余の水波女らはわれを連れなむ……」（鈴木信太郎訳）、あるいは「エドガー・ポーの墓」中の、「ついに永遠そのものが『彼自身』に詩人を変えるように、／『詩人』はぬき身の剣でさし示す……」（拙訳）をさすものか。ちなみに、右の詩、カフカの「変身」、イヨネスコの「犀」などを連想させる一篇である。

天のリズム

頼りないわたしたちの視線に測られて夜空が浮かぶ、昼夜の別なく新たな深淵をもたらすその深さとともに、きらめく秘密、めまいの天蓋とともに。ダモクレス(1)の無数の剣の恐怖をわたしたちは生きることになる、秩序や美や静穏を頭上に感知せず、不滅の傑作への無関心にも気づかなければ。天空の柔軟な建築物が、人間の建設工事に負(お)うものを持たなければいっそう、安心して見ていられるのだ。人間の工事ときたら、出来たばかりでもうすでに廃屋を思わせる。天の建築は、始まりも終りもない時間のため、無限の空間のために、作られる。天体の前進とリズムにあるこのすべての荘重なしきたり、至高の尊厳、この階級制(ヒエラルキー)が示す過(あやま)つことない方向性、それらがわたしたちにもたらす信頼にまさるものは何もない。星たち、遊星らは、宇宙の引力に支配され、最良の清澄感でたがいの距りを保っている。

わたしは信じる、音楽家の天使たちを。沈黙のヴァイオリンに歌わない弓をあて演奏する彼らが見える。最も美しい音楽は（とバッハは言っている）それ自体、沈黙をめざす。それは、けっして沈黙を皺だたませないし、かき乱しもしない。永久に記憶されるヴァリアントをもたらすことで、音楽は満足する。

世界にある偉大なものはすべて、沈黙のリズムをもっている。愛の誕生、魅力の衰退、精気のたかぶり、人間の住居の閉じられた鎧戸に濾される夜明けの光。言うまでもないが、ルクレチウス(2)やダンテやドゥビニェ(3)の書物の中、活字の大きさや組み方でみごと調整された沈黙のこと。それらすべては音をたてない、銀河系の引力や自分自身の軸と太陽をめぐる地球の二重の運動にもひとしく。沈黙とは、受け入れ、受諾、完全に全体に溶けこんだリズムのことなのだ。

わたしは思い出す、ある夜ある島で、天のリズムの真の反抗に出会ったことを。地中海のポール・クロ島でのこと。星たちがそんな狂った様相を見せるなんて、考えられただろうか。だれもが衝撃をうけ、逃げまどい救けを求め、同じ行為を繰返し、打ちひしがれた。やがて天は、見まもるうち次第に落着いたが、天自体すっかり困惑し、常軌を逸してなす術もなく、同時に流星の雨がふりそれが何時間もつづき、使っていたシシリア人の庭男が、こう言うほどだった、

——空のやつ、無理難題をふっかけやがるぜ。

すべては天文学的秩序へと復帰した。青少年期の白く青ざめた星、太陽のように黄色い成年期の星、人間のあわれな動脈のうごきにも似て老化し凝結しかけた、緋色に近いオレンジ色の

星、それらがいつもの場所にあるのを、ふたたびわたしたちは目にした。

天体のことをろくに知らない癖に、わたしたちはたんと名前を付けている。友情を示し征服を試みるそれがわたしたちのやり方だ。確かな保証をとりつけるうまいやり方で、牡牛座、白羊宮、獅子座などの名称を黄道帯の中へ一気に投げつけることで始めた。さそり座もそうだ、もともとそれが有毒な存在と知ってのこと。天秤座もそう、わたしたちが何より公正を好むゆえ。

「きわめて遠くにあるもの」に対し、かつて人間の優しさの創（つく）ったもっとも美しい名称をわたしたちは与えた。彦星（アルタイル）、変光星（アンタレス）(4)、ベテルギウス(5)。それに、髪の毛座(6)、シャルル二世の心臓(7)。わたしたちはまた天球の「家族」に言及する。だが、人間だけが前進していて、星たちは当方のことを知らない。つまり星たちに関しヘマばかりやっている。「地球」と「太陽」の関係はむかしから確立され、われわれは地球に四季のあることも承知している。が、大気圏の方は気まぐれで、確固たる学説はなにひとつない。「わたし大気圏は、今日雨になり、明日は天気、明後日は低気圧のあらしだ。しばしば自分のしたいことが解らず、さまざまな月を出し、要するにわたしはどこにでも吹く風であり、雲の群れへと回帰するためにだけ青空にうかぶ雲になる」

だがそれは、天気予報がされ、観察され計測される星たちのいる天とは、別の天。田舎司祭の仰ぐばか正直な天、今なお聖書の息づかいにふるえる天。そこで生まれたキリストや東方の三博士を含む小隊列（キャラバン）が出発するアラビア、つねに幸せなその地を抱えこんだ場所だ。そこはいったいわたしたちから何光年へだたっているのやら。約束の時、わたしたちのもとへ辿り着くのに、小隊列はいつから移動し始めるのか。出発前と同様、まことにひっそり到着することは、可能だとは信じているけれど……。

訳注

(1) ダモクレス——BC四世紀頃、シュラクサイの僭主の従者。僭主は自分の席にダモクレスを坐らせ、その頭上に馬の尾の毛一本で吊るした剣を垂らし、支配者のたえざる不安を教えた。

(2) ルクレチウス——古代ローマのエピクロス派の哲学者詩人。

(3) ドゥビニェ——テオドール・アグリッパ・ドゥビニェ。フランスのバロック的詩人（一五五二～一六三〇）。姪ディヤーヌへの愛をうたう『春』その他。筆と剣との生涯を送った。

(4) アンタレス——ギリシア語で火星（アレス）とはりあう（アント）意。火星に似て赤い光を放ち、「酒酔いの星」とも……。

(5) ベテルギウス——「わきの下」の意。オリオン座の左上の角にある。

(6) 髪の毛座――「ベレニケの髪」とも。エジプトの王妃ベレニケは、プトレマイオス三世王が戦争に行くとき、「勝てば美しいわが髪を捧げる」と美の女神アプロディテに誓った。

(7) シャルル二世の心臓――北斗七星のひしゃくの柄がカーブする辺り、コル・カロリ（チャールズの心臓）と呼ばれる星〔十七世紀の命名〕。「猟犬座」とも。

ヴェニス

ヴェニスは受容の美徳とすぐれて大胆な姿勢を示している、他の都市の石造の広場がストイックな水準を保つだけなのに。サン・ジョルジュや翼ある獅子(リヨン・エレ)に自ら別れて、ヴェニスは、旅行者や建築や外装のあらゆるここちよい進歩に、会いに行く。都市は波止場を侵(おか)し、単純な騎馬像を厄介視しながら、教会が広場の中央にまで押し出す。高慢で人間くさく、ぼうっとしながら魅力的なヴェニスは、そのすべての塔、鳩のむれ、またゴンドラの名で知られた車輪のない幌馬車が滑っていく奥深い通りなどに、多少酔っている。詩人のように心得ている、対立物を和解させる術を――おそらく美や夢想や尽きることのない均衡の、みなもとを、ヴェニスは。
とっくのむかし見つかっていたのに、ヴェニスは盲目的に自らを愛撫する水のように、自分自身を探し求めているし、未来もそうだろう。ヴェニスが自分を見出すときは、錨をおろした小舟ら、誤って棄てられた舟どもの郷愁の中、色彩や水の反映の迷宮がかもす驚異の中で、さらに自分を見失うためだ。

通行人

通行人は、大きく開かれた輪の一部分だ。そこへ入るのに、その保証人も簡単な身分証明書すらも、必要ではない。フランス人も外国人も、市民も軍人も、大きいのも小さいのも、あらゆる中間的存在も、そこに受入れられる。

真の通行人であるためには、通行する必要さえない。新聞屋のもたらすニューズに縛りつけられ、その場にじっと立ち停ってもいられる。野外にいる読者一人ひとりが一国家だ、ほとんど認知し難い国家、通行人国家のなかの――。彼らは階級差別のない広大な結社の、新鮮なニュース泥棒たちだが、そのことを互いに知らずにいる人びとの、一部をなしている。普通、彼らに予謀はなかった。悪意のないまま外出し、いきなりひろげた新聞を見、大見出しに誘惑されるままだった。窃盗狂？　ただし視線だけでの――。読者は、視線の誘惑によって特定現場へつれて行かれはしない。要するに立場上彼らは重要じゃない。だが今現在、大日刊新聞が彼ら読者の日常生活を写真付きで載せているのだ。泡と消えるものが確固となり、聖なるものが罪深いものとなった。

　いつものんびり構えた人びとが、かくて突如、現行犯の途方にくれた顔のおもてに、心理的な犯行書類の全要項を示して、疑わしい人物に変わるのである。警察の調書に記入される整理番号だけを待つ、何千という犯行例によって、ごく平凡な人びとを、カメラのレンズが裏切ったわけだ。考えてもみるがいい。潔白な人たち、容疑をうけた無実の者たち、良心のわずかな日ざしにも溶けるほど稀薄な有罪性を示す人びとを、写真に撮る権利があるものかどうか。

　世界の情報をこっそり摑むためアトリエの出口で一瞬足をとめたあの職人は、正しいのか。それから、あの司祭、あの外国人、あの地方人、それから、軽いポケットから二十フラン出すのをケチったあのパリ人らは、どうか。何十万という読者のおそらく悪意をおびた注目に対し、ほんのわずかな償いもせずに、かくも目立った記事を出してそれでいいのか。驚くことはない、明日からでも、誰より生気なく俗っぽい通行人は、もう自宅から出ようとはしないだろう——要するにいちばん確かな個人的財産、無意志的とはいえ輸出用商品に類するものは何もない、その顔のため「全人権の擁護を」と書いたプラカードを首から下げずには。

シェエラザード*の全能ぶり

あなたが今踏みしめ、その唐草模様（アラベスク）に感嘆している絨毯にご用心。窓は開いているし、それは飛ぶ。この酒壜は他の現実の壜と同じ、だが栓を取ると働きざかりの、身長もそれ相応の、大男が中から現われる。律儀で知れたこの下僕に背負われ、あなたは朝ごとにあの美しい海辺へ好んで散歩に行くようになる。けれども下僕は海馬であり、あなたを大海原と裏切りの中へひきずりこむ。説明するまでもないこの乞食を、そばでよく見るがいい。それは、汚らしい場所で誓って数刻を過ごす回教国主（サルタン）。この牛はことばを使うだけでなく、知名の才気満ちたこの弁護士は、さらに可視の不幸を抱えていて、遭難直後あなたが小屋がけしようとしたこの島は、動く。生きている。突然すごぶる正直な鯨の油でびしょびしょに濡れる、これは〈魚島〉だ。『千一夜物語』を開いてみたまえ。一ページごとに味わい、だんだん強くなる読者としての喜びのほかには、もう確信できることは何もなくなる。

文学でいう超現実主義との共通項は何もない。そこでは根拠のないことは何も起きない。起きることはすべて確かで、わたしたちが抱く雑然たる要求に動機づけられている。ここではすべてが光の下で夢みられ、この伝説の「東洋」の驚異からわたしたちは逃れられない。地平線が蜃気楼のめまいを知り、世界と寓話の夜明けのなか、事物と大地はまだ露にぬれ、今なお原初の薔薇色の創造主のやさしさを保ち、たえず姿を変えている。

どの書物にも、各自そこから生まれるような一季節があるとすれば、『千一夜物語』は春から直接、読者にとどいている。すべてがそこで発芽し、約束どおりになり、柔らかい葉がしっかり枝に付き、遊び好きだがつねに役立つ太陽の下、無数の実をみのらせ、そこではすべてが春、春の欲望、ひたすら自分の感染力に従う原初の緑。枝から枝へ、希望から希望へ、年月から年月へ伝わり、ついには知らぬ間に、新鮮さのまま独自の大胆さをもって、わたしたちの内にまで伝わってくる。

この無限の若さを惹(ひ)き起こすものは、おそらくアラーの神だが、彼自身ですべてをやってのけるのは不可能ゆえ、インドの神々にもない多くの手や腕が必要になる。それは、秀れた声と創造の無上のたのしさで物語を統(す)べる若い王妃のものだ。

「シャリーア（イスラム）法令」と次つぎに犠牲として死ぬべく定められたバグダッドの美女たちの間で、シェエラザードは、物語の魔法の織物のほかに身を護るものもなく、単身立ちあがる。そうだ、それら超自然的物語には、胸えぐる有用性がある、夜ごと人のいのちを救うのだから。事実、暴君シャリアール王の法令は、まったく聞く耳をもっていなかった。王に興味があるのは、話のつづき。そしてふしぎな出来事への関心は強くなる、それを満足させる術(すべ)をシェエラザードは心得ていた。

すべての奇蹟には蜜と塩がある。蜜はわたしたちを満たし、塩は新しい奇蹟、さらなる小さな奇蹟への、渇きをもたらすと言えよう。

女性読者よ、あなたが夜眠れなかったら……。シェエラザードはきっして眠らない。そのみごとな明敏な頭の中に、彼女は記憶の妖精を再生させる。わずかな言い間違い、魂や思考のちょっとした油断があっても、夜明けの光の竜(ドラゴン)がドアの向うで待ち構えていて、頭上に跳びかかることを、彼女は忘れない。そう、彼女は眠っていなかった。シェエラザードの最大の誇りは、おそらく昼日中にもなおよく目ざめていて、物語とともにきらきら輝き、大きく目を見開いていることだ。この遅すぎる讃辞の奉呈にわたしは歓びを感じている、自分自身の夢想、寓話的構想にひさしく拘泥し、世界でいちばん美しい物語（千一夜物語）に漠たる注意しかはらわなかっただけ、なおさら。わたしがこうした興味を抱いた理由は、日常的可能事を演ってみせる魔術の棒の一撃にはなく、現実から超現実へ移る過程にある。シェエラザードよ、こんな言い方を許してほしい。人のいのちを救うためなら、すぐれた才能をもって語られること、またそのすべての方法は正しいのだ。シャリアールは血に、というよりもずっと奇蹟に、渇いていた。暴君は好んでいた、何よりも横暴な物語が語られること、息つくひまもなく次つぎに、世にもふしぎな物語があなた方に課されることを。

訳注　＊シェエラザード――サルタン、シャリアール王の王妃。狂暴な王のこころをやわらげるため、無理な要求にこたえ、シンドバッドの航海その他多くの奇譚を話しつづける。六世紀インドで成立（ペルシャ語）の「アラビアン・ナイト」である。リムスキー・コルサコフの交響組曲（一八八八）、A・ブノア台本でバレー化されてよく知られた。

風景

巨人よ、今目の前にある風景は、おまえたちのものだ。大地がやけに小さく分割されたから、好んでおまえたちは姿を消した。もう恐れずに出てくるがいい。おまえたちのため、無限の棲(す)み家が造られた。棲みつくがいい、狭苦しくはないし、低い軒に頭をぶつけることもあるまい。ここは洞穴やあばら屋の国ではない。

しかしその気狂いじみた逃走ぶりは、何だね。地面べったりの引越し騒ぎは……まるで全速力で逃げる短足の小人(こびと)じゃないか。広大な世界で、狭い肺があえいでいる。あれら小さな紳士らは、まるで皮膚をそこらに脱ぎ捨てていくみたい。そこにあるのは、もぐりこみ、親しみ、丘々に囲まれていた別の風景だが、今その話をするひまもない。

広大さ——少なくとも、風景として認め得るものの埒外(らちがい)にある広大さ、それは、地球が今日よりはるかに遊星的で、やっと人類になじみ、つい先刻分離されたとてつもなく広大な世界への郷愁をひきずっていた、その時代への思い出である。

水の一滴、砂の一粒、空気の一揺れ、一閃光、一原子、それらを無限に増殖させてみたまえ。するとそこに、大洋、砂漠、星座といった、最大の空間感覚が生じる。

街中(まちなか)ではほとんどすべての人間が、ごく些細なことに熱中している、どんな作業も、太すぎる糸を針の穴にむりやり通そうとしてるようなもの。
巨大さとは野外にあるもの、魂の事象だ。肉体はそれほどの空間を必要としない。肉体は、限界を知っているし、その大きさなども、ただ一撃でめまいを起こす。だが魂は、別の反応を示す。恐れるものは何もないし、その梯子(はしご)は無限に伸びる。しばしば魂は大地と天の間に住居をえらび、雲の国に生きる。

雲たち――大地を想い、大地のように堅固になりたがっているのは、空だ。つねに自分の形に満足せず、ひたすら未来に生きる空。たえず改良を夢み、すっかり最初からやりなおす。空は疑念と変身の王子だ。すべては可能、ただし雲のある領域でのことだが。空は大地を愛し、嫉む、ただし希望のない愛ゆえに。せいぜい空に出来るのは、遊星のたのしい思い出をよみがえらせるため、軽やかな雨、騒々しい雨を降らせること。
そんなふうにためらいがちで不確かではあれ、雲はやはり、空の大きさを作る職人だ。わずかな水蒸気で星たちを後退させる。思いもよらぬ大胆さを秘めた雲たちの許諾があって初めて、太陽は輝かしい場を占めることができる。

雲のように、海もまた自分の形をさがす。自分のひろがりが恥かしいのだろう、海は自分を無数の波に分割する、打撃や怒りの泡や屈辱によって。その偉大さが最も深まるのは、海が自分をかき集め不動性を獲得するときだ。

山々——それは自意識のもたらす偉大さだ。山々は自分たちの正確な高さをじつによく心得ていて、高低序列（ヒエラルキー）の意味を完全に理解している。だがわたしたち人間が好むのは、段階のコントラスト効果を示す風景ではない。山の大きさが現われるのは、少なくとも人がそこに到達し、何らかのスポットライトを浴び、足をおろしたばかりのその地点に突然生じる重要性によってである。かくて風景は現前の価値をもつし、その広がりにわたしたちが協力し、その真の高低スケールを自分らだけが知っている、と考えればその分ますます、風景はわたしたちを喜ばせてくれる。その大きさは、わたしたちに接近し、耳もとでその秘密をささやく。

自らの思念を探す

しばしばわたしは自分に告げることがある——詩人とは自らの思念を探し、それが見つかるのを恐れる者だ、と。それが見つかるや、彼は詩人であることを止め、理論家、散文家、自己表現に抽象的言語を用いる何者かになるはずだ。たえず生動する精神を定着させる必要を詩人がおぼえるのは、一つのイメージ、彼自身の先端的機能においてである。その一イメージが仲継者として詩人に役立つのだ、個人的な夜の中、もう一つ別のイメージが、少しずつ確かな姿を見せるときまで。そうして詩の全体をなすイメージの連鎖が形成される。

詩人にとってイメージは、抽象的理念にはない至上命令を帯びている。イメージは、実在と創造の証しである自然な闇のなかで、さらに詩人を安心させる。沈黙しながら不動の現存を示すことで、イメージはその反対物をも明確にして詩人を充分満足させ、また詩人の方は、いっさい論証することなくただ、自分を位置づけ、自分を暴くだけである。

いっぽう抽象的思索は、老いぼれ、飛散する。見るがいい、詩人たちのイメージが、いかに若くとどまり、衰えを知らないか。イメージは、抽象の脅迫をのがれ、永遠に新鮮な明証のうちにたてこもる。それらのイメージは、千年もの時をへた母岩の垢を削り落とし、まったく新しく、ただその存在を証すだけで説得力を増す若さの餌食ともなるような、ある種哀れな凡俗性を、根本的にたっぷり抱えている。

わたしは行き当りばったり生きている。何か事が起きると手加減もせず機械的にそれを承認し、それですます。ずっと後になり、それを充分意識的にあつかい、それを詩的に生かそうと心がける。単に反応が鈍いというより、喜び、悩み、勝利、悔い、さまざまの有為転変への応答が遅いのだ。そういうわけで、客間も台所も寝室も、夢のなかのような状態だ。しばしば何かある事が起き、だいぶんたってからだ、わたしの内密の階段[1]が、つまり詩の階段が、ぎしぎしきしむ音を耳にするのは。

詩人は大きな森、カッコーが常識はずれの時を告げる森に、生きている。三時だ、と思うとわずか数秒にして九時、と思ったら二十一時だ。十四時や五時を過ごして、二時にもどる。こんなふうに目の前で時間がごちゃごちゃになるとき、不安の中でどうすればいいか。書くこと、それが少しでもひとを落着かせる。クローデル[2]は、いった——わたしはいつも、期待はずれの場所にいた、と。何歳だろうと、諦めずにいれば新たな方法が見つかる。書く行為は継続的で、十五歳、二十歳、三十歳、さらに七十三にいたるまで、いつだって同じだ。わたしはいまだに未成年で、同時にたくさんの子供らの父であり祖父である。顔は晩年のそれであろうと、視線は、自分のすべての齢をとらえている。いわばそれは魂の視線で、外観にふさわしいものでなくとも、時代を横切っていく。子供はわたしの内でしばしば大人の役を演じる。子供は人生を厄介なものにするし、罰せられない確信から、卑怯な手もつかう、妥協しやすい大人が大らかに狂気を許したりしないように。

詩人は、もっとも好ましいかつ日常的な顔をして、孤独や神秘そのものを作る。そのおり注意しなかったら、個人的世界における絶対君主として、彼は孤立するだろう。けれどもその孤独は、ひどい不安をまねく。自分の好みに従い、自分の尺度で、一宇宙を創造しなければならないのだ。注意に価するすべてのものは、彼自身の磁力にひきつけられ、彼の内部で消えさる。無意識に生じる残酷さとおなじエゴイズムは、外部世界のもっとも美しい喜びから、詩人を奪う——あまりにもしばしば彼を不満足状態に置く創造行為ゆえに。

詩的神秘は、日々その場への転移を見ぬまま、人生よりも詩人をひきつける。それが未知なるものの魅力というやつで、詩人は最良の友を前にしていてさえ、しばしばこう呟く。「——

きみの手紙は何とぼくを喜ばせることか、対面している今このときでさえ。そこに居ることできみは、神秘性を失う。ところが、手紙は意外性や可能性を持続させてくれるから、ぼくはこれを開封せずにずっと持ってるんだよ、きみの手紙をね。」それはたぶん、こういうことだ。――生来わたしのもつ孤独を、完全に捨てさることが出来ず、つねにおのれの人生に夢想させ、そこに神話風の人魚のイメージを配し、詩篇を歓待してやらない限り、なおも生気なく詩人をおびやかす詩心（ポエジー）に、奇蹟をおこしたいという願いがあるからだ。

訳注

(1)「階段」――反応の鈍い人を「階段の精神」という。辞去しようと家の階段を下りるころになって、やっとある意味に気づくこと。

(2)「クローデル」――フランスの外交官・詩人（一八六八〜一九五五）。大使として来日滞在したことも……。詩集『流謫賦』詩劇「繻子の靴」その他がある。本書所収の詩「霊木」（P・80）を参照してほしい。

ジュール・シュペルヴィエル年譜

一八八四年（明17）

フランス南西部ベアルヌ地方、ピレネー山麓（オロロン＝サント＝マリ）の時計修理・宝石細工師の家に生まれた父〔ジュール・シュペルヴィエル〕と、バスク地方出身の母〔マリア・ムーニョ〕との間に、ジュール（父と同名）・シュペルヴィエル、誕生（一月十六日）。

当時、伯父（即ち父の兄ベルナール）が、南米ウルグアイの首都モンテヴィデオに銀行を創設したので、詩人の両親は同地に共同経営者として移住した。つまりシュペルヴィエルはウルグアイ生まれ。

だが、赤ん坊をつれ里帰りした両親は、緑青を含む井戸水のため相次いで死亡。シュペルヴィエルは孤児となり、母方の祖母に育てられるが、二年後、伯父夫婦にひきとられた。

一八九四年（10歳）

パリのジャンソン・ド・サイー中学（リセ）に入学、休暇中はウルグアイに帰る。最初の私家版小冊子の詩集『過去の霧』は、大学入学資格試験に受かり、法律・政治学をまなぶ数年前、十六歳のとき（一九〇〇年）にまとめられた。
一八九九年
伯父、没。銀行の権益の一部が詩人に渡る。
一九〇七年
フランスで兵役を了え、文学学士号（スペイン語）も取得してのち、モンテヴィデオ生まれのポルトガル系女性ピラール・サアヴェドラと結婚。シュペルヴィエル、二十三歳。——琴瑟相和し、その後十年余の間に次つぎと三男二女にめぐまれる。
一九一〇年（26歳）
詩集『帆船のように』刊。
一九一四年
第一次世界大戦に動員され、経理部・情報部に勤務。無事復員後は、パリのランヌ街四十七番地に定住（二十三年間）。
一九一九年
詩集『悲しいユーモアの詩』刊。
詩集『詩篇』（序文＝ポール・フォール）刊。ジッド、ヴァレリーらが共鳴の書簡を寄せ、また著名な文芸誌「NRF（エヌエルエフ）」（編集＝J・リヴィエール）とのつながりが生じた。

一九二二年（38歳）

詩集『荷揚げ場』刊。マックス・ジャコブとの交友関係が生じる。長篇小説『大草原の男』刊行の一九二三年には、年下の友人アンリ・ミショーを知る（この特異な詩人に例外的な好意を示し、後年いっしょにウルグアイにも旅行した）。

一九二四年

ブエノス・アイレスの前衛誌「船首（プロア）」が「シュペルヴィエル特集号」を刊行。

一九二五年（41歳）

詩集『引力』刊。リルケから「あなたは空間に架橋する偉大な建築技師です」云々の讃辞の便りがとどく。

一九二六年

長篇小説『ひとさらい』刊。

一九二七年（43歳）

詩集『オロロン＝サント＝マリ』刊。

短篇小説『足跡と沼』刊。

このころから「NRF」編集のジャン・ポーランに兄事、影響をうける。

一九二八年

長篇小説『生存者』（『ひとさらい』続篇）刊。旅行記『ウルグアイ』刊。詩集『摑まえる』刊。

一九二九年（45歳）

「沖に住む少女」を含む短篇集『三つの神話』刊。三女、誕生。

一九三〇年（昭5）

詩集『無実の囚人』刊。歴史小説と称する『ボリヴァルと女たち』刊。短篇集『沖に住む少女』刊。——因（ちな）みに日本では、この前年、春山行夫編集の「詩と詩論」第四冊（二九年六月）の特集〈世界現代詩人レヴイユ（ママ）〉中に初めて「ジュウル・シュペルビイユ（ママ）」（辻野久憲）なる紹介記事がのった。

一九三二年

改訂版『引力』刊（詩句・章立ての改変）。

戯曲『森の美女（眠り姫）』刊、上演。

一九三三年

回想的旅行記『泉で飲む』刊。文中、生地や父母の郷里での体験を告白。

一九三四年（50歳）
『ボリヴァル』の台本完成。後、バレー化。
詩集『未知なる友』刊。
一九三五年
シェークスピアの翻案劇『お気に召すまま』刊。ベルギーの「ラヴァン・ポスト」がシュペルヴィエル特集号を編む。
一九三六年
戯曲集『ボリヴァル、最初の家族』刊。それらの上演。ミショーと南米の旅。
一九三八年（54歳）
短篇集『ノアの方舟』刊。
詩集『世界の寓話』刊。
パリの住所、ボーセジュール街に転。
一九三九年
クリスチャン・セネシャルの評伝『内部の詩人シュペルヴィエル』刊行さる。
レジオン・ドヌール勲章、受。

九月、第二次大戦勃発、旅先だったモンテヴィデオにそのまま滞在。パリに滞在中の娘たちへの心配、その一方、シュペルヴィエル銀行は危機に瀕し、詩人を悩ませた。

一九四一年

詩集(小冊子)『不幸なフランスの詩』刊。翌年にも「天と地」を付加して同題詩集を刊。短篇集『小さな森、その他』も翌年に刊。

一九四四年（60歳）

このころ久しくつづいた不整脈が心悸症を招き、肺充血とその後遺症に悩まされる。

ジャック・レミ監督の映画「アンデスの風車」のシナリオを書く。ブエノス・アイレスで講演『選詩集』刊。

「ヴァレリー頌」も。

一九四六年

詩集『一九三九〜一九四五』刊。

短篇集『オルフェ、その他』刊。

ウルグアイ政府、詩人を名誉文化使節に任、フランスに帰国。

一九四七年（63歳）

アルベール・ベガンの「二つの夜の詩人」を添えて、詩集『夜に』刊。

新編『選詩集』刊。翌年には『シェエラザード』がアヴィニョンで初演。音楽、ダリウス・ミヨー。主演、マドレーヌ・オズレイ。

一九四九年（65歳）

詩集『忘れっぽい記憶』刊（クリティック賞受賞）。

短篇集『善意爆弾』刊。

セゲルス版〈今日の詩人叢書〉の一巻、クロード・ロワ編、解説の『ジュール・シュペルヴィエル』刊。——因みにこの一巻は、一九五一年（昭26）中村真一郎訳で創元社から刊行された。

一九五〇年
オペラ「ボリヴァル」（音楽、ミヨー）パリ・オペラ座で公演。

短篇集『宇宙の最初の歩み』（多くの既発表作品を含む）刊。

一九五一年
エッセー「詩法を夢みつつ」を含む詩集『誕生』刊。

短篇小説『動物の創造』（デッサン—ジャック・ノエル）刊。

一九五二年（68歳）

夏、肺充血発症。
中篇小説『日曜日の青年』刊。
一九五三年
パリ＝ルイ・ブレリオ河岸十五番地（アパルトマン）に転居。
一九五四年（70歳）
新NRF誌「シュペルヴィエル特集号」刊。
一九五五年
長篇『日曜日の青年及び後日譚』刊。
アカデミー・フランセーズの「文学大賞」受賞。
戯曲「競馬継走」、J＝L・バローにより上演。
一九五六年
詩集『階段』刊。
一九五七年
ロペ・デ・ヴェガの戯曲「セビリアの星」の翻案、発表。
一九五八年

タチアナ・グリーン『シュペルヴィエル』刊。
一九五九年（75歳）
詩集『悲劇的肉体』刊。（九月）
モンテヴィデオのアカデミア・ナシォナル・デ・レトラス、シュペルヴィエルの『詩選』刊。
一九六〇年（76歳）
四月、〈新文学（レ・ヌーヴェル・リテレール）〉協議委員会により、シュペルヴィエル、「詩王（プランス・デ・ポエット）」に選出さる（ポール・フォールの後を継ぐ）。
五月十七日、気管支炎のため死去。オロロン＝サント＝マリに埋葬さる。
六月、研究家エチアンブル*の『シュペルヴィエル』刊。
十月、NRF、「シュペルヴィエル頌」（特集号）刊。

*ソルボンヌ・比較文学研究所教授ルネ・エチアンブル。『ランボーの神話』他。

邦訳書誌

詩集（抄・詩篇）

堀口大学訳『シュペルヴィエル詩抄』（昭11、東京版画荘）

中村真一郎訳、クロード・ロワ編『シュペルヴィエル詩集』（昭26、創元社）→安藤元雄訳〔同〕（昭45、思潮社）

堀口大学訳『シュペルヴィエル詩集』（昭30、新潮文庫）

現代世界文学全集（27）『現代世界詩選』―嶋岡晨訳「シュペルヴィエル」（昭30、三笠書房）

世界名詩集大成第四巻・フランス篇Ⅲ―飯島耕一・安藤元雄訳「シュペルヴィエル」（昭34、平凡社）

世界詩人全集（17）―飯島耕一訳「シュペルヴィエル」（昭43、新潮社）

後藤信幸訳『帆船のように』（昭60、国文社）

戯曲

三井ふたばこ・柳沢和子共訳『森の美女』（昭31、書肆ユリイカ）

短篇小説（コント）集

堀口大学訳『ノアの方舟』（昭14、第一書房）
嶋岡晨訳『ノアの方舟』〔『沖に住む少女』も含む〕（昭50、ハヤカワ文庫）
三野博司訳『沖の少女』（平2、現代教養文庫）
綱島寿秀訳『海の上の少女』（平16、みすず書房）
永田千奈訳『海に住む少女』（平18、光文社・古典新訳文庫）

詩抄と短篇抄

堀口大学訳『シュペルヴィエル抄』（平4、小沢書店）

長篇小説

嶋岡晨訳『日曜日の青年』（昭43、思潮社）

澁澤龍彦訳『ひとさらい』（昭47、薔薇十字社）
嶋岡晨訳『火山を運ぶ男』〔原題＝大草原の男〕（昭55、―妖精文庫〔24〕―月刊ペン社）
永田千奈訳『ひとさらい』（平25、光文社・古典新訳文庫）

シュペルヴィエル特集誌

「ユリイカ」（昭35、通巻46号）
「無限」（昭35、通巻6号）

研究書

後藤信幸『シュペルヴィエル　内部空間の詩人』（昭54、国文社）
有吉豊太郎『シュペルヴィエルを読む―地平の彼方の詩人―』（平10、駿河台出版社）

解説風の覚え書

「フランスの詩人ジュール・シュペルヴィエル（一八八四〜一九六〇）の作品は、第二次大戦後に物を書き始めた日本の若い詩人たちにとって、とりわけ重要な存在だった。うわべは素朴でみずみずしい語法の中に、この宇宙に生をうけた人間の存在の心細さと、想像力によるその心細さの克服とを歌いこめた彼の詩は、荒廃の中からいま自己形成をし始めようとしていた若者たちに、物の見方を、感じ方を、表現の仕方を、さし示してくれるものであった」

堀口大学訳『シュペルヴィエル抄』（小沢書店）の「解説」冒頭に安藤元雄はこう記していた。つづけて「谷川俊太郎、飯島耕一、大岡信、中江俊夫、嶋岡晨といった詩人たちの初期作品には、シュペルヴィエルの感受性のこだまがはっきりと聴き取られる」と述べていた。それら当時二十代の詩人名に、川崎洋、片岡文雄、まただれよりも安藤自身をも、わたしは加えたい。つまり〈戦後詩史〉を考えると、「荒地」「列島」などの詩人につづくいわば第二次戦後派の代表者たちは、みなシュペルヴィエルの影響から出発した。これは驚嘆に価する。

飯島は、戦前刊行の堀口訳シュペルヴィエルを、戦後読んだようだが、わたしを含め多くの若者は、クロード・ロワの詩人論が付く昭和二十六年版、中村真一郎訳『シュペルヴィエル詩集』から、何らかの強い影響を受けたのだった。

「遠くからくる、あの海のはしくれ、
だが、それはぼくだ、……」

とか

「あなたに、一匹の魚が生れ、直ぐ、
深い波の一番暗い奥へ向き返って行く」

といった、さりげなく軽妙な詩句のなかに、深遠な形而上学風の思考をやさしく包みこんだシュペルヴィエル（中村訳）に敏感なたましいは打たれた。特に強く印象にのこるのは、中江の『魚のなかの時間』（昭27）、川崎の『はくちょう』（昭30）だった。やがてそれら詩人たちは、影響の大波をかいくぐり、各自の個性的泳法で沖をめざし遠去かっていった。

しかし若年時の感動は、老いてなお、いや老いてこそ、突然拒みがたくよみがえる。柔軟な表現技法から独自の詩的深化をその幻想に拓（ひら）いた安藤元雄の例を、いま考えながら、『未知なる友』の詩人の没年を過ぎて今なお稚拙な域を出られないわたし自身の、ふいに『悲劇的肉体』

の全訳を思い立った、われながら不思議な衝動を、どう説明すべきか解らずにいる。
自分の〈悲劇的〉肉体が、大詩人の中に解答の手がかりを求めているのだろうか。

「肥満した霊魂の下婢(はしため)よ」と始まる村野四郎の詩「肉体」(昭27、『実在の岸辺』)——

おまえは
やわらかい入口をもち
とめどなく漏る花甕だ
——それは神さまの唾液でいっぱいである

しかし新即物主義の詩人・村野は、多少のシュペルヴィエル的感覚を示しつつも、あきらかに〈即物的〉に、精神を上位とし肉体を蔑視している。シュペルヴィエルにそのような差別の視線はない。ただ、宇宙的とも形容すべき精神の遍在性、自在な神話的変身をたのしみながら、同時に彼は、自身の物質的限定性(老化、死をふくむ)を嘆じていた。
『悲劇的肉体』の〈悲劇的 TRAGIQUE〉とは、存在現実にともなう自己拘束への悲嘆と揶揄である。このことばの裏には、幼少期からの詩人の宿痾(しゅくあ)、心臓の病症、肉体的制約への日常的意識がひそんでいる。

この心臓は知らない
主(あるじ)であるわたしの名前を。
野生の領分のほかは
わたしのことを知らない。
血液がつくる高地、
立入禁止の奥地よ。……

（「心臓」――『無実の囚人』）

クリスチャン・セネシャルやフィリップ・ジャコテも名付けた「心臓の詩人」の悲劇は、文学的修飾にとどまらなかった。彼にとって心臓もまた〈未知なる友〉であり、最も重要な友・彼のものでありながら、意のままにならない。彼はまずその不条理を忘れ、超える苦行から、詩的創造を開始する。これが彼の方法の基本だ。

「夢みること、それは肉体の物質性を忘れること、いわば外部世界と内部世界とを混ぜあわせること」（「詩法を想いながら」――『誕生』）だった。甘やかな空気に包まれたものでなく、シュペルヴィエルの場合、詩的夢想は（幼時、突然両親を亡くしたような）最初から悲劇のなかから発生した。

労著『シュペルヴィエル　内部空間の詩人』のなかで、後藤信幸は、詩「☆（木は動物だ）」を引用しながら、〈木〉を〈人間〉になぞらえ、木の幹を「非現実から絶対現実への通路」「内在性へと向けられた唯一の（垂直な）道」として、シュペルヴィエルが、人間の魂の「不可視の世界に出入りする可能性」を暗示している、と指摘した。確かにそうだろうが、それは透明なたのしい美学ではない。後藤も付け加えているように、その詩的イメージには、「身体の複身性」、つまり生と死の共棲、可視と不可視の二重のはたらき、現実と非現実がせめぎあう、より複雑で奥深いナルシシスムともいうべき、独特の悲劇性がつきまとうことになる。それが個人にとどまらず、世界的（人類的）なイメージに拡大されれば、いかに軽やかな表現といえども重いテーマを核にむすばないはずはないのだ。

マルセル・レイモンは、シュペルヴィエルを「万物の輪廻（りんね）と変身の詩人」と呼んだが、詩におなじみの自由奔放な〈変身〉についても、同様のことがいえるだろう。それはつねに〈不可能な変身〉を背後にひきずった未来への自己投棄（投機）である。

一人の男が　行っては　もどる、
ある観念は　猫になり

べつの観念は　犬になり
たがいに　けんかしそうになる

（☆（一人の男が……）――『悲劇的肉体』）

いかにも気楽そうな〈観念〉の変身だが、それは初めてわが身を「孤児」と気づいたり、心臓の異常な動悸に気づいたときのように、しばしば詩人を裏切り孤独地獄におとす、人生の大きな「小道具」なのだ。

カフカの『変身』において、ザムザの意識の現実に密閉された自我は、ついに開かれることなく外部と厳しく対立することに喜びを見出す。アンリ・ミショーは、現実を「人間への世界の敵意」と受けとめ、脱出のための歪んだ幻覚を武器とし、ヒロイズムに救出される。シュペルヴィエルにほどんと「世界の敵意」意識はなく、抵抗感もない。彼自身いうとおり、「精神が夢と混りあうとき、対立物はもはや存在しない」（前出「詩法を想いながら」）。肯定は否定にひとしく、生と死は同化する。そのことがかえって彼の〈悲劇〉を高揚させ深化させる。曖昧さとは、異次元的な深遠のことなのだ。武装して「兵士」と名乗る者が、たえず変身し曖昧でありつづける対象を敵にしたがるだろうか。

しかし彼は異常者ではない。それどころか彼にとって、「正常な自我こそ唯一の真実」であり、習慣性、日常性、人間らしい常識ほど、美しくて感嘆に価するものはない」（『日曜日の青年』で、蝿に変身した主人公が再び人間の姿にもどり、そう考える）。

心臓病患者にとって、正常に打っている動悸ほど感嘆すべきものはない。その正常者の幸福への夢が、さまざまの変身の幻想をもたらした。だが、老いて、刻々死に近づく自分を鏡にうつせば、〈肉体〉の悲劇性は、非現実との葛藤をより現実へ傾斜せしめる。そのむごたらしさが、詩王と呼ばれる幻想家の最後の詩集に、ときおり透けて見えるのも自然のなりゆきか。彼はついに、曖昧化を好む言葉の雲をかきわけて、本心をのぞかせる。「心臓」に対し、主（あるじ）の何であるかをはっきりさせる、ともいえる。

けれど、最後の詩集ということに、こだわる必要はないかもしれない。詩が、死というもう一つの生を生きつづけるなら、その仕事に〈最後〉はないはずだった。タイトルは俗衆の好む身勝手な術策ではないか。

　だが生きのびるとは　何のことか。
　死後の術策（からくり）ではないか……

（「☆（彼は生きつづける……）」）

宇宙的詩人は、ごらんのように今なおあらゆる場に遍在し、潜在している。彼の歩みは〈宇宙の最初の歩み〉のまま、自在に移動し、彼のイメージは変身しつづけ〈世界の寓話〉を語りやめない。木は動物となり、肉体はいつだって未知の友であり、死者たちの心臓も復活する。神とも呼べる愛が、混迷し破壊される世界にしのびこみ、人間を悲劇的にする状況に、けんめいに抵抗する（ほとんどあのレジスタンス運動のように）。離ればなれの肉親への想いは燃えさかり、会えない人びとを歌声が結びつけ、「不幸なフランス」に捧げた詩が、不幸な人類のためにわきおこる。盲目的・教条的な信仰は否定され（「霊木」）、民衆との連帯がもとめられ（「サン＝ジョン・ペルスに」）、破壊的解決はこばまれる（「歴史」）。

シュペルヴィエルの世界では、遊星の運動のような、自然な大きないとなみ、〈天のリズム〉が歓迎され、ロルカの幻想やギリェンの風光が歓迎され、『千一夜物語』の神秘は、生きて夢みる人間のいのちの持続のためにこそ語りつづけられる。

日常の魔法、言葉の幻術は、最後をたやすく最初の詩の〈誕生〉に変えるのだ。そこにもはや悲劇的要素は認められない。肉体もまたはるかに肉体以上のものと化す。これが有無をいわせぬ詩人の論理である。

　その馬は首をまわし
まだだれも見ないものを見た
……

それは二万世紀のむかし
もう一頭の馬が
今　この時間
とつぜんふり向き　見たものだった
……

よく知られた詩「運動」（『荷揚げ場』）の一節が、胸にせり上がる。わたしたちが今手にしているのはじつは、詩集ではない。犀になりそこねた詩人（イヨネスコ）の「最後の変身」のしるしでもない。

二万世紀前にあの〈馬〉が、確かにとつぜんふり向いて見た、も、の、だ。

（二〇一八・三）
嶋岡　晨

〔なお拙訳シュペルヴィエルの原詩はすべて、一九九六年二月、ガリマール書店刊の全詩集（Œuvres poétiques complètes）に拠って最終的な確認を行ったことを、念のため明記しておく。〕

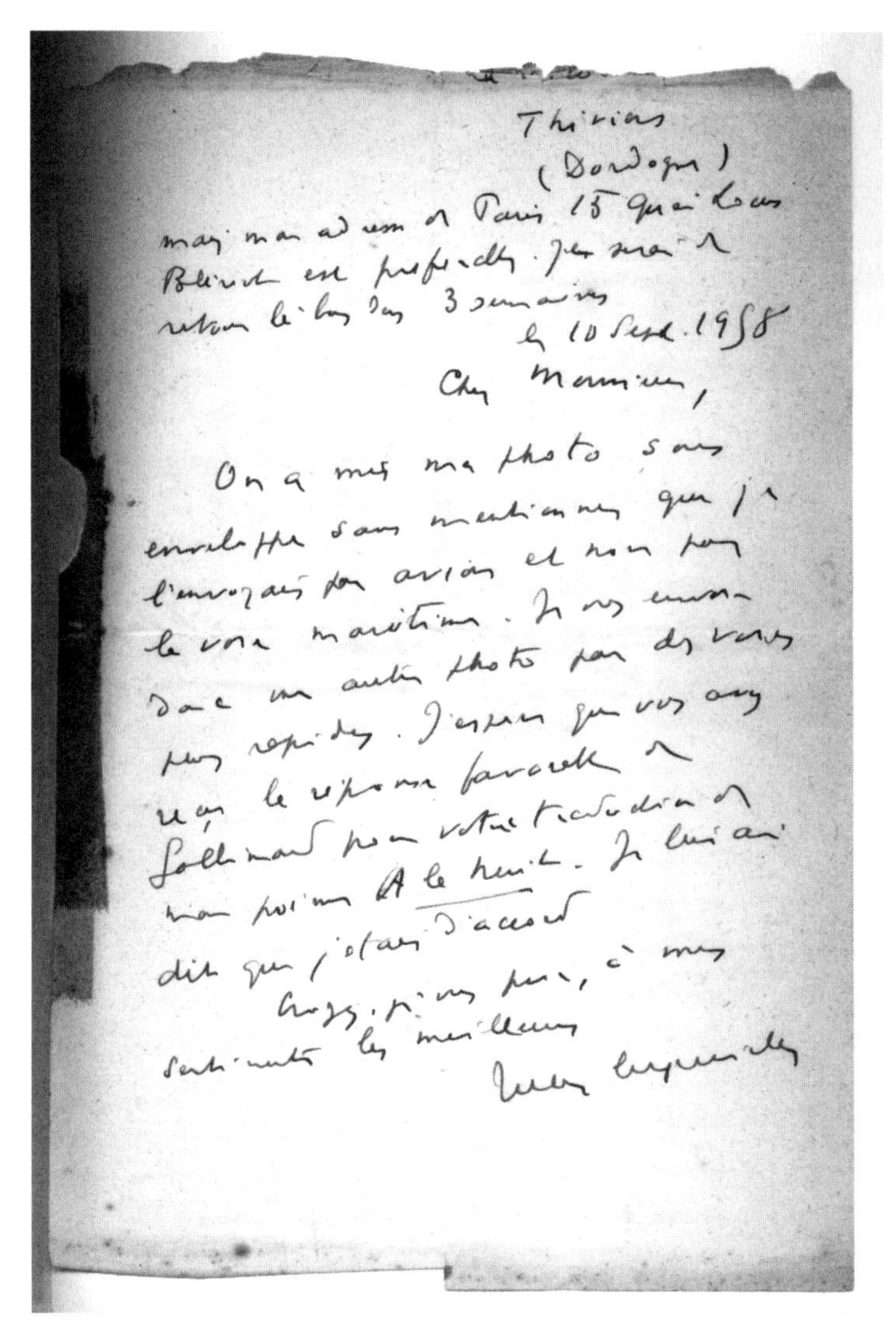
Thiviers
(Dordogne)

mais mon adresse à Paris 15 quai Louis
Blériot est préférable. Je serai de
retour là dans 3 semaines

le 10 Sept. 1958

Cher Monsieur,

On a mis ma photo sous
enveloppe sans mentionner que je
l'envoyais par avion et non par
la voie maritime. Je vous envoie
donc une autre photo par des voies
plus rapides. J'espère que vous aurez
une réponse favorable de
Gallimard pour votre traduction de
mon poème A la nuit. Je leur ai
dit que j'étais d'accord

Croyez, je vous prie, à mes
sentiments les meilleurs

Jules Supervielle

〔注記〕

一九五八年九月十日、シュペルヴィエルから送られた嶋岡晨宛の書簡。当時ドルドーニュ県北部のティヴィエールに彼はいた。二週間後にはパリのルイ・ブレリオ河岸 15 番地のアパルトマンに帰る、とある。詩集『夜に』の翻訳許可を求める嶋岡への返信。自分が OK の意をガリマール社に伝えたから、色良い返事が届くだろう、写真も添えた、といった簡単な内容。シュペルヴィエルは心臓病のせいか、他の資料（原稿など）の文字もほそぼそと頼りないものが多い。

嶋岡 晨（しまおか・しん）

1932年（昭和7年）高知県生まれ。高知工業高校建築科卒業。明治大学仏文科卒業（昭和30）。詩誌「貘」を創刊、「地球」「歴程」にも参加。東洋商業高校、高知高校教諭をへて、明治大学、法政大学講師。立正大学文学部教授（平成2～14）。詩集『永久運動』（昭和40、岡本弥太賞）、『乾杯』（平成11、小熊秀雄賞）、『終点オクシモロン』（平成24、富田砕花賞）、『魂柱・反世界遺構』（平成25）、『洪水』（平成26）、『騒霊』（平成27）ほか。

詩人の遠征 10

悲劇的肉体

著者……ジュール・シュペルヴィエル

訳者……嶋岡 晨

発行日……2018 年 7 月 10 日
発行者……池田 康
発行………洪水企画
〒 254-0914 神奈川県平塚市高村 203-12-402
TEL&FAX 0463-79-8158
http://www.kozui.net/
装幀………巖谷純介
印刷………シナノ印刷株式会社
ISBN978-4-909385-04-8

詩人の遠征シリーズ　既刊

❶ ネワエワ紀

池田康 著　1600円 + 税

❷ 骨の列島

マルク・コベール 著、有働薫 訳　1800円 + 税

❸ ささ、一献　火酒を

新城貞夫 著　1800円 + 税

❹『二十歳のエチュード』の光と影のもとに

〜橋本一明をめぐって〜

國峰照子 著　1800円 + 税

❺ 永遠の散歩者　A Permanent Stroller

南原充士英和対訳詩集　1600円 + 税

❻ 太陽帆走

八重洋一郎 著　1600円 + 税

❼ 詩は唯物論を撃破する

池田康 著　1800円 + 税

❽ 地母神の鬱　—詩歌の環境—

秋元千恵子 著　1800円 + 税

❾ 短歌でたどる **樺太回想**

久保田幸枝 著　1800円 + 税